U0153375

東吳大學日文補教業名師

潘東正——著

圖解 N5 文法一本通，絕對PASS

序

「N5」檢定考試為日語檢定的第一關,本書能及時幫助考生輕鬆通過 N5 檢定。

雖然日檢測項目有——文字、語彙、文法、讀解、聽解,但是只要熟悉本書的「文法」問題,必然大幅度提升各項成績。所以,熟記本書的文法可說是一舉數得,事半功倍的應考方式。

本書的主要特色如下:

1. 對應 N5 日語檢定常考的文法
   本書的文法為 N5 常考的文法問題,熟讀本書的內容即可輕鬆考過。

2. 文法解析 + 各類詞性變化
   將句子文法的來龍去脈及各類詞性變化過程一一解析,使讀者易學易懂。

3. 活潑生動的圖解
   例句搭配圖解,可使讀者更容易理解情境,進而輕易理解文法精義。

4. 記憶竅門 + 注意
   每個文法點都點出「學習及記憶技巧」,以及「考生常犯錯的地方及應考注意事項」。

5. 10 回的 N5 文法模擬試題
   在應試前進行多回的擬真模擬試題練習,以提高考生應試時對題型的熟悉度及應試信心。

本書之出版承蒙五南出版社黃副總編輯惠娟鼎力協助,日籍老師潮田耕一先生仔細校正與吉岡生信老師與永野惠子老師錄音,得以順利發行,作者謹表由衷謝忱。

潘東正 謹識

致本書的學習者

本書是針對 N5 文法常考的問題（助詞、動詞、形容詞等）予以系統整理與分析，試看下列便可知本書的編寫方式：

N5 常考句型

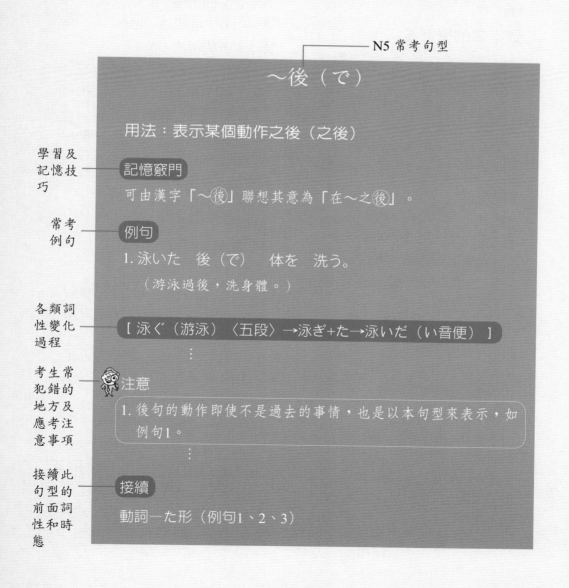

～後（で）

用法：表示某個動作之後（之後）

學習及記憶技巧

記憶竅門

可由漢字「～後」聯想其意為「在～之後」。

常考例句

例句

1. 泳いだ　後（で）　体を　洗う。
　　（游泳過後，洗身體。）

各類詞性變化過程

[泳ぐ（游泳）〈五段〉→泳ぎ+た→泳いだ（い音便）]

考生常犯錯的地方及應考注意事項

注意

1. 後句的動作即使不是過去的事情，也是以本句型來表示，如例句1。

接續此句型的前面詞性和時態

接續

動詞—た形（例句1、2、3）

目　　錄

一、助詞

1.「か」的用法

〜か（疑問）

 CD: 1

用法：「か」：表示「疑問」

例句

1.仕事を　辞めますか。
　（要辭職嗎？）
　【辞める（辭職）〈下一段〉→辞め+ます】

2. 給料は　やすいですか。
　（薪水偏低嗎？）

3.マリさんは　インド人ですか、
　タイ人ですか。
　（瑪麗小姐是印度人呢？還是泰國人
　呢？）

「疑問詞」＋か

用法：「か」：接在疑問詞之後，表示「不確定」。

1. 誰か　いますか。
（有誰在呢？）
【居る（在）〈上一段〉→い＋ます】

2. 何か　食べましたか。
（吃了什麼了呢？）
【食べる（吃）〈下一段〉→食べ＋ました】

3. いつか　また　来る。
（總有一天還會來。）

4. 彼の　車は　どれか
分かりません。
（他的車是哪一台我並不知道。）
【分かる（懂；知道）〈五段〉
→分かり＋ません】

「選擇項目」+か

用法：「か」：表示選擇（或～）。「か」的前後均為選擇的
　　　項目

例句

1. 鳥肉か　豚肉を　買いましょう。
   （買雞肉或豬肉吧！）
   【買う（買）〈五段〉→ 買い+ましょう】

2. 留学するか　しないか　明日　決める。
   （要不要留學，明天決定。）
   【留学する（留學）】
   【決める（決定）〈下一段〉】

3. 好きか　嫌いか　知りません。
   （不知是喜歡還是討厭。）
   【知る（知道）〈五段〉
   　→ 知り+ません】

4. 美味しいか　どうか　分からない。
   （不知是否好吃。）
   【分かる（懂）〈五段〉→ 分から+ない】

2.「が」的用法

「主語」+が

CD: 4

用法：「が」：前接主語，表示主語（主詞）。

例句

1. コップに　金魚<ruby>金魚<rt>きんぎょ</rt></ruby>が　います。

（杯子有金魚。）

【<ruby>居<rt>い</rt></ruby>る（有）〈上一段〉→居＋ます】

2. <ruby>丘<rt>おか</rt></ruby>の　<ruby>上<rt>うえ</rt></ruby>に　<ruby>松<rt>まつ</rt></ruby>が　あります。

（山丘上有松樹。）

【有る（有）〈五段〉→有り＋ます】

3. <ruby>雪<rt>ゆき</rt></ruby>が　<ruby>降<rt>ふ</rt></ruby>って　いる。

（正在下雪。）

【降る（下著）〈五段〉→降り＋て→

降って（促音便）】

4. <ruby>北風<rt>きたかぜ</rt></ruby>が　<ruby>吹<rt>ふ</rt></ruby>いて　います。

（風在吹著。）

【吹く（吹）〈五段〉→吹き＋て

→吹いて（い音便）】

5. <ruby>虫<rt>むし</rt></ruby>が　<ruby>鳴<rt>な</rt></ruby>いて　います。

（蟲在叫。）

【鳴く（鳴叫）〈五段〉→鳴き＋て→鳴いて（い音便）】

「疑問詞」＋が

CD: 5

用法：「が」：前接「疑問詞」當成「主語」

例句

1. <u>どちらが</u>　西_{にし}ですか。

（哪一邊是西邊？）

2. <u>どなたが</u>　教授_{きょうじゅ}ですか。

（哪一位是教授呢？）

3. この　写真_{しゃしん}は　<u>誰が</u>　撮_とりましたか。

（這張照片是誰拍的呢？）

【撮る（拍照）〈五段〉→撮り＋ました】

4. <u>どれが</u>　人気_{にんき}が　ありますか。

（哪一個受歡迎呢？）

【有_ある（有）〈五段〉→有り＋ます】

 注意

> 1. 此項用法不可以「は」取代，例如：
>
> 　（×）どこは　トイレですか。
>
> 2. 當用「が」詢問時，就用「が」回答，用「は」詢問時，就用「は」回答。

「小主語」＋が

用法：表示「小主語」→注意

例句

1. 安倍さんは　作曲が　できます。
   （安倍先生會作曲。）
   【出来る（會：能）〈上一段〉→でき＋ます】

2. きりんは　首が　長い。
   （長頸鹿脖子長。）

3. 日本は　山が　多い。
   （日本山多。）

4. 社長は　声が　大きい。
   （老闆聲音大。）

5. 赤ちゃんは　熱が　あります。
   （嬰兒有發燒。）
   【有る（有）〈五段〉→あり＋ます】

6. 祖父は　目が　疲れた。
   （祖父已經眼睛疲勞了。）
   【疲れる（感到疲勞）〈下一段〉→疲れ＋た】

7. おばは　鼠が　嫌いだ。

（伯母討厭老鼠。）

8. 私は　苺が　食べたい。

（我想吃草莓。）

 注意

此句型模式：

都会は　　緑が　少ない。

（大主語）　（小主語）（述語）

（都會區綠地少。）

述語部分所出現的第二次陳述的主語稱爲「小主語」，下接助詞「が」。

圖解N5文法一本通，絕對PASS

「能力的內容」+ が

用法：「が」：表示能力的內容

例句

1. （私は）　星_{ほし}が　見_みえます。

（我看得到星星。）

【見える（看得見）〈下一段〉→ 見え+ます】

2. 声_{こえ}が　聞_きこえます。

（聽得到聲音。）

【聞こえる（聽得到）〈下一段〉→

聞こえ+ます】

3. 運転_{うんてん}が　できる。

（會開車。）

【できる（會；能）〈上一段〉】

4. 英語_{えいご}が　分_わかります。

（懂得英語。）

【分かる（懂）〈五段〉→ 分かり+ます】

5. あの　選手_{せんしゅ}は　テニスが　上手_{じょうず}です。

（那名選手網球打得很好。）

修飾句主語+が（修飾句的主語）

CD: 8

用法：「が」：當成修飾句（畫線部分）中的主語

例句

1. これは 母が 作った パンです。
   （這是媽媽做的麵包。）
   【作る（做）〈五段〉→ 作り+て → 作って（促音便）】

2. 体が 太って いる 人は 中井さんです。
   （身體肥胖的人是中井先生。）
   【太る（發胖）〈五段〉→ 太り+て → 太って（促音便）】

3. 夜景が 素晴らしい 所は
   どこですか。
   （夜景很棒的地方在哪裡呢？）

注意

1. 「修飾句」主要的功能在修飾其後的「名詞」（主語或述語）。
2. 本項用法中的助詞「が」可代換成「の」。

「句子」+が（展開話題）

用法：「が」：目的在連接前後句，藉以展開後句的話題或緩和語氣

例句

1. <u>すみませんが</u>、市役所（しゃくしょ）は
どこですか。
（不好意思，請問市公所在哪裡？）

2. <u>失礼（しつれい）ですが</u>、石川（いしかわ）さんでしょうか。
（不好意思，您是石川先生嗎？）

3. もしもし、<u>水下（みずした）ですが</u>、中井（なかい）さんは　いますか。

（喂，我是水下，請問中井先生在嗎？）

4. これは　　<u>可愛（かわい）いですが</u>、どこで
買（か）いましたか。

（這個滿可愛的，在哪邊買的呢？）

【買う（買）〈五段〉→ 買い＋ました】

「句子」+が（逆接）

用法：「が」：接在句子之後，表示前後句呈現違反常理的現象（雖然～但是……）

例句

1. 工場の 側ですが、 静かです。
   （雖然在工廠的旁邊，但是滿安靜的。）

2. 明日 試験が あるが、まだ 遊んで いる。
   （明天雖然有考試，可是卻還在玩。）
   【遊ぶ（遊玩）〈五段〉→ 遊び+て→ 遊んで（ん音便）】

3. この 箱は 大きいですが、 軽いです。
   （這個箱子雖然滿大的，可是卻滿輕的。）

「句子」＋が（對比）

用法：「が」的前後句為兩個對立的事物

例句

1. 私は　コーラを　飲^のみますが、彼は
   サイダーを　飲みます。
   （我要喝可樂，而他要喝汽水。）
   【サイダー（汽水）〈cider〉】
   【飲^のむ（喝）〈五段〉→ 飲み＋ます】

2. 平仮名^{ひらがな}は　易^{やさ}しいが、片仮名^{かたかな}は　難^{むずか}しい。
   （平假名簡單，而片假名難學。）

3. 春^{はる}は　暖^{あたた}かいが、秋^{あき}は　涼^{すず}しい。
   （春天暖和，而秋天涼爽。）

注意

「句子＋が」（表示展開話題、逆接、對比）中的助詞「が」可和
「けれども」「けれど」「けども」「げど」互換，而「が」的語氣
較嚴肅，常見於文章體，其他的語氣較口語，用於熟人之間：

⊙今^{いま}から　海^{うみ}へ　行^いくけど、いっしょに　行かない？
　（我現在要去海邊，要不要一起去？）

⊙この　バナナ、形^{かたち}は　変^{へん}だけど、美味^{おい}しいね。
　（這香蕉形狀雖然奇怪，但還滿好吃的呀！）

3.「から」的用法

「起點」＋から

CD: 12

用法：「から」：表示動作的起點，如圖：

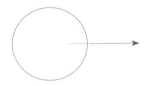

例句

1. 会社は　9時から　5時までです。
   （公司的上班時間是 9 點到 5 點。）

2. 太陽は　東から　昇る。
   （太陽從東方昇起。）
   【昇る（昇起）〈五段〉】

注意

此用法的「から」之後可不接動詞，但是表示時間助詞的「に」，其後就一定要有動詞，如：

（○）試合は　10時から（です）。
（比賽在 10 點開始。）

（×）試合は　10時にです。

（○）試合は　10時に　始まります。
【始まる（開始）〈五段〉→ 始まり＋ます】

「原因」+から

CD: 13

用法：「から」：表示原因

例句

1. 疲れたから、昼寝を　する。

　（因為累了，所以要午睡。）

　【疲れる（覺得疲勞）〈下一段〉→ 疲れ+た】

2. 蒸し暑いから、窓を　開けた。

　　（因為熱，所以開窗。）

　　【開ける（開）〈下一段〉→ 開け+た】

3. この　机 は　丈夫だから、使う。

　（因為這張桌子滿堅固的，所以要用它。）

　丈夫だ（堅固的）〈形動〉

　【使う（使用）〈五段〉】

4. 外で　食べましょう。いい
天気ですから。

　　（去外面吃飯吧！因為天氣滿不錯的。）

　　【食べる（吃）〈下一段〉→ 食べ+ましょう】

「原料」+から

CD: 14

用法：「から」：前接「原料、材料」

例句

1.酒は　米から　作ります。
（酒是由米做成的。）
【作る（做；弄）〈五段〉→ 作り＋ます】

2.塩は　海水から　作る。
（鹽巴是由海水製成。）
【同上】

注意

此用法中的成品已看不到原來的樣子，否則就用「で」（請參照）。

4.「くらい（ぐらい）」的用法

「數量詞」+くらい／ぐらい

CD: 15

用法：「くらい／ぐらい」：表示大約的數量或程度（大
約～）

例句

1. 夏休みは　10日ぐらい。
   （暑假大概10天左右。）

2. 蜜柑を　三つぐらい　もらった。
   （橘子大約拿了3顆。）
   【もらう（得到）→もらい+た→もらった（促音便）】

3. 週に　一回ぐらい　ゴルフを
   します。
   （一週大約要打一次高爾夫球。）
   【する（做；弄）→し+ます】

4. ホールに　5人ぐらい　います。
   （大廳裡大約有5個人。）
   【居る（存在）〈上一段〉→居+ます】

5.「しか」的用法

～しか+「否定句」

CD: 16

用法：「しか」：後接否定，表示限定（除了～）

記憶竅門

> 「しか」的意思如同中文的「除了」，可以聯想此句型之意爲「除了～（其他都沒……）」。

例句

1. 生存者（せいぞんしゃ）は　一人（ひとり）しか　いません。

 （存活者只有一人。）

 【居（い）る（存在）〈上一段〉→居+ません】

2. 小説（しょうせつ）は　半分（はんぶん）しか　読（よ）んで
 いません。

 （小說只看到一半。）

 【読（よ）む（讀）〈五段〉→読み+て
 　→読んで（ん音便）】

3. 梨（なし）は　一つしか　買（か）いませんでした。

 （梨子只買了一個。）

 （梨子只買了一個。）

 【買（か）う（買）〈五段〉→買い+ません】

018

4.フランス語は　少ししか　分かりません。

（法語只懂得一點。）

注意

1. 此項用法的語意與「だけ」相通，例如：

百円しか　ありません。

→百円だけ　あります。

（只有一百元（日幣）。）

2. 「しか」的句尾必需用「否定」來表達「肯定」的限定。如果要表達否定的限定時，則不能用「しか」，只能用「だけ」，例如：

刺身だけ　食べなかった。

（只有生魚片沒吃。）

6.「ずつ」的用法

CD: 17

用法：指數量的平均分配或同一數量的重複出現

例句

1. 机 と 椅子が 一つずつ ある。
   （各有一張桌子和椅子。）

2. この オレンジを 一人 2 つずつ
   配って 下さい。
   （將這柳橙每個人分 2 顆。）
   【配る（分配）〈五段〉→ 配り+て →
   　 配って（促音便）】

3. ドイツ語は 少しずつ 上手に なりました。
   （德語一點一點地變拿手了。）
   【なる（變成）〈五段〉→ なり+ました】

7.「だけ」的用法

用法:「だけ」:表示限定

例句

1.睡眠時間_{すいみんじかん}は　3時間_{じかん}だけ。

（睡眠時間只有 3 小時。）

2.お弁当_{べんとう}は　一つだけ　用意_{ようい}した。

（便當只準備了一份。）

【用意する（準備）→ 用意し＋た】

3.韓国語_{かんこくご}は　少_{すこ}しだけ　分_わかる。

（韓語只懂的一些。）

注意

「だけ」尚有表示「盡量的程度」之意，如：

⊙彼_{かれ}は　できるだけ　お金_{かね}を　貯_ためる。

（他儘可能地存錢。）

【貯める（存）〈下一段〉】

⊙ワインは　好_すきなだけ、飲_のみなさい。

（酒盡量地暢飲。）

8.「で」的用法

<h2 style="text-align:center">「場所」+で</h2>

CD: 19

用法：「で」：表示動作的「場所」。後接具有「動作性」的
動詞。

例句

1. 遊園地で　遊びます。
  （在遊樂場所遊玩。）
  【遊ぶ（遊玩）〈五段〉→ 遊び+ます】

2. 床屋で　髪を　切ります。
  （在理髮廳剪頭髮。）
  【切る（剪）〈五段〉→ 切り+ます】

3. 台所で　料理を　作ります。
  （在廚房做菜。）
  【作る（做）〈五段〉→ 作り+ます】

遊園地で

台所で♪

4. 郵便局で　手紙を　出します。
  （在郵局寄信。）
  【出す（寄）〈五段〉→ 出し+ます】

5. 屋台で　蕎麦を　食べます。
  （在路邊攤吃麵。）
  【食べる（吃）〈下一段〉→ 食べ+ます】

郵便局で♪

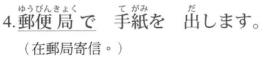

CD: 19

レジ で ♪

6.レジで　会計します。

（在收銀處結帳。）

【レジ（收銀機）〈register〉】

【会計する（結帳）→ 会計し+ます】

7.カウンターで　チェックインします。

（在櫃臺處辦理入住手續。）

【カウンター（櫃臺）〈counter〉】

【チェックインする（辦理入住）〈check in〉→チェックインし+ます】

注意

此項用法中的動詞爲「います」「あります」等「存在動詞」時，則表示場所的助詞爲「に」，如：

（×）パン屋の　右側で　八百屋が　あります。

（○）パン屋の　右側に　八百屋が　あります。

（麵包店的右側有蔬菜店。）

「原因」+で

用法：「で」：表示「原因」。前面接導致後句結果的「原
　　　因」（名詞）。

例句

1. 風邪で　体　が　だるい。
（因爲感冒而身體感到倦怠。）

2. 病気で　会社を　休んだ。
（由於生病而向公司請病假。）
【休む（休息）〈五段〉→ 休み+た → 休んだ（ん音便）】

3. 地震で　ビルが　倒れた。
（因爲地震而樓房倒塌。）
【倒れる（倒）〈下一段〉→ 倒れ+た】

4. 雨で　バスが　遅れた。
（由於下雨而導致公車來遲。）
【遅れる（遲到）〈下一段〉→ 遅れ+た】

5. 台風で　運動会が　中止に
なった。
（由於颱風的關係，運動會停辦。）
【なる（變成）〈五段〉→ なり+た
　→ なった（促音便）】

6.火事で　森林が　焼けた。
　　（因爲火災而導致森林燒了起來。）
　　【焼ける（燃燒）〈下一段〉→ 焼け＋た】

7.事故で　人が　大勢　死んだ。
　　（由於事故的原因，死了很多人。）
　　【大勢（人多貌；副詞）】
　　【死ぬ（死）〈五段〉→ 死に＋た → 死んだ（ん音便）】

8.渋滞で　動く　ことが　できない。
　　（因爲塞車而動彈不得。）
　　【動く（動）〈五段〉】

9.親子喧嘩で　家出した。
　　（因爲和父母吵架而離家出走。）
　　【家出する（離家）→ 家出し＋た】

 注意

> 此項用法在表示「因果」的現象，所以後句不出現「請求、命令、勸誘……」等具有主觀色彩語氣的句子，請參照：句型—「～と」的注意事項。

「手段」+で

CD: 21

用法：「で」：表示憑藉的手段、方法、工具、材料或原料

記憶竅門

> 「で」類似中文的「以；憑著；用；坐；藉著」，以此聯想其意。

例句

1. 船<ruby>で</ruby> 海<ruby>を</ruby> 渡<ruby>る</ruby>。
   （坐船橫渡大海。）
   【渡る（橫渡）〈五段〉】

2. 車<ruby>で</ruby> 野原<ruby>を</ruby> 走<ruby>ります</ruby>。
   （要開車奔馳於原野。）
   【走る（奔跑）〈五段〉→ 走り+ます】

3. エスカレーターで 下<ruby>りる</ruby>。
   （搭扶手梯下來。）
   【エスカレーター（手扶梯）〈escalator〉】
   【下りる（下降）〈上一段〉】

4. 箸<ruby>で</ruby> 寿司<ruby>を</ruby> 食<ruby>べる</ruby>。
   （用筷子挾壽司吃。）
   【食べる（吃）〈下一段〉】

CD: 21

5. <u>鉛筆で</u>　絵を　描く。

（用鉛筆畫圖。）

【描く（畫）〈五段〉】

6. <u>ドライヤーで</u>　髪を　乾かした。

（用吹風機吹乾了頭髮。）

【ドライヤー（吹風機）〈dryer〉】

【乾かす（弄乾）〈五段〉→ 乾かし+た】

7. <u>歯ブラシで</u>　歯を　磨く。

（用牙刷刷牙。）

【ブラシ（刷子）〈brush〉】

【磨く（刷）〈五段〉】

8. <u>カードで</u>　払いました。

（用信用卡付款。）

【カード（信用卡）〈card〉】

【払う（付款）〈五段〉→ 払い+ました】

9. <u>片手で</u>　椅子を　上げた。

（用單手舉起椅子。）

【上げる（舉起）〈下一段〉→ 上げ+た】

10. <u>トマトで</u>　ジュースを　作^{つく}った。

（用番茄弄成果汁。）

【ジュースを（果汁）〈juice〉】

【作る（弄）〈五段〉→作り+た→作った

（促音便）】

11. <u>紙^{かみ}で</u>　鶴^{つる}を　折^おる。

（要用紙折紙鶴。）

【折る（折）〈五段〉】

12. <u>木^きで</u>　家^{いえ}を　建^たてた。

（用木頭蓋了房子。）

【建てる（建）〈下一段〉→建て+た】

13. <u>毛系^{けいと}で</u>　セーターを　編^あみます。

（要用毛線編織毛衣。）

【編む（編）〈五段〉→編み+ます】

圖解N5文法一本通，絕對PASS

「範圍」+で

用法：「で」：表示特定的「範圍」，前接「名詞」或「數量詞」。

例句

1. 四季で　一番　寒い　季節は　冬です。

（四季中，最冷的季節是多天。）

2. スポーツで　何が　一番　好きですか。

（運動種類中，什麼是最喜歡的呢？）

3. 全部で　500 円です。

（全部共計 500 圓（日幣）。）

4. 10 分で　着く　ことが　できる。

（10 分鐘內可到達。）

【着く（到達）〈五段〉】

5. 三日で　仕上げます。

（三天內可完成。）

【仕上げる（完成）〈下一段〉

→ 仕上げ+ます】

6.桃は　４つで　2000円です。

　　　【桃子４個共計２千圓（日幣）。】

7.グラウンドは　一周で
　　400メートル　有る。

　　　（操場一圈有400公尺。）

　　　【有る（有）〈五段〉】

　　　【グラウンド（運動場：競技場）〈ground〉】

「動作的主體」＋で

用法：「で」：表示動作的主體或行動單位。

例句

1. <u>自分で</u>　パンを　焼きます。
（自己烤麵包。）
【焼く（燒烤）〈五段〉→ 焼き＋ます】

2. <u>一人で</u>　ゴルフを　します。
（一個人打高爾夫球。）
【する（打；弄）→ し＋ます】

3. <u>家族で</u>　温泉に　行きます。
（家人一起去泡溫泉。）
【行く（去）〈五段〉→ 行き＋ます】

4. <u>皆で</u>　歌を　歌います。
（大家一起唱歌。）
【歌う（唱歌）〈五段〉→ 歌い＋ます】

5. <u>全員で</u>　ジョギングを　します。
（全員一起慢跑。）
【ジョギング（慢跑）〈jogging〉】
【する（做；弄）→ し＋ます】

9.「と」的用法

「名詞」+と+「名詞」

CD: 24

用法：「と」：表示事物的列舉（～和～）

例句

1.デザートと　果物を　用意する。
（要準備甜點和水果。）
【デザート（甜點）〈dessert〉】
【用意する（準備）】

2.庭に　大人と　子供が　います。
（庭院裡有大人和小孩。）
【居る（有）〈上一段〉→居ます】

3.茶碗と　箸が　ある。
（有碗和筷子。）
【有る（有）〈五段〉】

「對象」+と

用法：「と」：表示「動作的對象」（和～），如圖所示：

例句

1. 私は 兄<ruby>あに</ruby>と 喧嘩<ruby>けん か</ruby>した。

　（我和哥哥吵架。）

　【喧嘩する（吵架）→ 喧嘩し+た】

2. 弟<ruby>おとうと</ruby> は 犬<ruby>いぬ</ruby>と 遊<ruby>あそ</ruby>んだ。

　（弟弟和狗玩。）

　【遊ぶ（玩）〈五段〉→ 遊び+た → 遊んだ
　　（ん音便）】

注意

「と」與「に」同樣表示動作的對象，其差別如下：

「と」：表示雙方之動作行為是「共同」的，如上述例句。

「に」：表示針對某對象做某動作，動作的行為是「單向」的。如圖
　　　所示：

⊙彼は　私に　花を　送った。
（他送花給我。）

【送る（送）〈五段〉→ 送り+た
　　→ 送った（促音便）】

如果必需做「雙向性」的動作時，就不能用「に」。例如：

（○）伊藤さんは　松下さんと　結婚する。
　　　（伊藤先生要和松下小姐結婚。）

（×）伊藤さんは　松下さんに　結婚する。

「引用」＋と

CD: 26

用法：此項用法的句型為：「引用內容」＋と＋動詞。「と」：
　　　表示「引用的內容」，即「と」的前面敘述是動詞的
　　　「引用的內容」。

例句

1.医者は　「糖尿病だ」と　言った。

（醫生說：「得了糖尿病」。）

【言う（說）〈五段〉→ 言い＋た → 言った（促音便）】

2.二人は　似ていると　思います。

（我認為兩個人長得很像。）

【似る（相似）〈五段〉→ 似＋て】

【思う（想）〈五段〉→ 思い＋ます】

3.「立ち入り禁止」と　読みます。

【讀成「立入禁止」（不可停留或進入）。】

【読む（讀）〈五段〉→ 読み＋ます】

4.看板に　「一番ラーメン」と
書いて　あります。

（看板上寫著「一番拉麵」。）

【書く（寫）〈五段〉→ 書き＋て → 書いて
（い音便）】

ある（有）〈五段〉→ あり＋ます

5. 「クロ」と　名付けます。

（命名爲「小黑」。）

【黑＝「クロ」（黑色：名詞）】

【名付ける（命名）〈下一段〉

　→ 名付け＋ます】

6. 叔父は　「一つ、二つ、三つ」と　数えている。

（叔叔正在數著：「1 個、2 個、3 個」。）

【数える（數）〈下一段〉→ 数え＋て】

「比較的對象」＋と

用法：「と」的前面為比較的對象或基準

例句

1. 中国語と　日本語と　どちらが
   難しい？

   （中文和日語，哪一個比較難？）

2. 猿の　顔は　人間と　似ている。

   （猴子的臉和人類相似。）

   【似る（相似）〈上一段〉→ 似＋て】

3. 彼は　私と　同じ　年齢です。

   （他和我同齡。）

4. 今は　昔と　違う。

   （現今和往昔不同。）

   【違う（不同）〈五段〉】

「假定條件」＋と

用法：「と」：表示假定的條件（如果～的話）

例句

圖解N5文法一本通，絕對PASS

1. 五つ 買うと、二割引です。
   （買5個的話，就打8折。）

2. 注意しないと、火事に なる。
   （不小心的話，就會釀成火災。）
   【注意する（注意）→ 注意し＋ない】

3. 静かだと、勉強が できる。
   （安靜的話，就可以讀書。）

4. 高いと、買わない。
   （貴的話，就不買。）

注意しないと

高いと

2万

「一做某動作」+と+「就〜」

CD: 29

用法：此句型之意為：「一做某動作，就〜。」

起きると

1.起きると、腰が　痛い。

　（一起床，就覺得腰痛。）

2.庭に　出ると、雪が　降って　いた。

　（一到庭院，就看到下雪。）

　【出る（出去）〈下一段〉】

　【降る（下降）〈五段〉→ 降り+て

　　→ 降って（促音便）】

抜けると

3.トンネルを　抜けると、そこは
　海だった。

　（一穿過隧道，發現那裡是大海。）

　【トンネル（隧道）〈tunnel〉】

　【抜ける（穿過）〈下一段〉】

「副詞」＋と

用法：「と」：前接「副詞」來修飾其後的動詞

例句

1. 二度(にど)と　ここへ　来(こ)ない。
   （再也不來這裡了。）
   【来(く)る（來）→ 来(こ)+ない】

2. ゆっくりと　文法(ぶんぽう)を　説明(せつめい)する。
   （要慢慢地說明文法問題。）
   【ゆっくり（慢慢地）〈副詞〉】
   【説明する（說明）】

3. 家(いえ)は　ゆらゆらと　揺(ゆ)れている。
   （房子搖搖晃晃。）
   【ゆらゆら（搖晃貌）〈副詞〉】
   【揺れる（搖動）〈下一段〉→ 揺れ+て】

4. きらきらと　輝(かがや)きます。
   （閃閃發亮。）
   【きらきら（閃閃發亮）〈副詞〉】
   【輝く（發出光亮）〈五段〉→ 輝き+ます】

10.「に」的用法

「場所」+に

用法：「に」：表示「場所」，後接「靜態性」動詞

1.<u>池に</u> 亀が 居ます。
（池塘裡有烏龜。）
【居る（有）〈上一段〉→居＋ます】

2.<u>寝室に</u> ベッドが あります。
（寝室裡有床。）
【ベッド（床）〈bed〉】
【有る（有）〈五段〉→有り+ます】

3.<u>京都に</u> 住んで います。
（住在京都。）
【住む（住）〈五段〉→住み+て
　　→住んで（ん音便）】

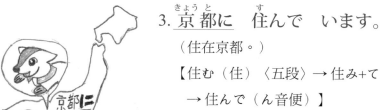

4.<u>石の　上に</u> 座って いる。
（坐在石頭上。）
【座る（坐）〈五段〉→座り+て→座って（促音便）】

5.門の 前に 立っています。

（站在門前。）

【立つ（站立）〈五段〉→ 立ち＋て

　　→ 立って（促音便）】

6.道路に バイクが 止まっている。

（路上停著摩托車。）

【止まる（停）〈五段〉→ 止まり＋て → 止まって（促音便）】

7.山に 雪が 積もる。

（山上會積雪。）

【積もる（積）〈五段〉】

 注意

> 1. 此項用法不可以表示場所的助詞「で」取代（請參照「で：表示場所」的用法），如：
>
> 　（×）京都で 住んで います。
> 　　　　（×）
>
> 2. 此用法的句型模式為：
> 　場所名詞＋に＋動詞

圖解N5文法 一本通，絕對PASS

「到達點」＋に

用法：「に」：表示動作的「到達點」或「接觸點」，如圖所示：

例句

1. 黒板に　字を　書く。

（要在黑板上寫字。）

【書く（寫）〈五段〉】

2. ヘリは　空港に　到着する。

（直昇機會到機場。）

【ヘリ（直昇機）〈helicopte〉】

【到着する（到達）】

3. エレベーターに　乗ります。

（要搭電梯。）

【エレベーター（電梯）〈elevator〉】

【乗る（乘）〈五段〉→乗り＋ます】

4.外に　出た。

（到外面。）

【出る（出去）〈下一段〉→ 出＋た】

5.海に　落ちた。

（掉入海中。）

【落ちる（掉落）〈上一段〉→ 落ち＋た】

6.お風呂に　入ります。

（要洗澡。）

【入る（進入）〈五段〉→ 入り＋ます】

7.台所に　皿を　戻します。

（將盤子放回廚房。）

【戻す（放回）〈五段〉→ 戻し＋ます】

8.石が　体に　当たりました。

（石頭打到了身體。）

【当たる（打中）〈五段〉→ 当たり＋ました】

9.瓶に　ストローを　挿した。

（吸管插入瓶中。）

【挿す（插入）〈五段〉→ 挿し＋た】

10.肩に　鞄を　掛けた。

（把包包背在肩上。）

【掛ける（背）〈下一段〉→ 掛け＋た】

11. <ruby>手<rt>て</rt></ruby>に　<ruby>塩<rt>しお</rt></ruby>を　つけます。

（將鹽抹在手上。）

【つける（抹）〈下一段〉→つけ+ます】

12. <ruby>壁<rt>かべ</rt></ruby>に　ぶつかりました。

（撞到了牆壁。）

【ぶつかる（撞）〈五段〉

　→ぶつかり+ました】

注意

此用法的句型模式爲：「名詞 + に + 動詞」

「時間」＋に

用法：「に」：表示時間

例句

1.朝　6時に　起床します。
（早上6點會起床。）
【起床する（起床）→ 起床し＋ます】

2.帰りに　買物を　します。
（要在回家時購物。）
【する（做：弄）→ し＋ます】

3.試験前に　ノートを　借りた。
（在考試前借了筆記本。）
【借りる（借）〈上一段〉→ 借り＋た】

4.食後に　たばこを　吸います。
（飯後會抽菸。）
【吸う（吸）〈五段〉→ 吸い＋ます】

5.宅急便は　翌日に　届きます。
（宅急便會在隔日送達。）
【届く（送達）〈五段〉→ 届き＋ます】

 注意

1.有些表示時間的字彙，原則上不加上「に」，例如：
(1)一昨日（前天）　昨日（昨天）　今日（今天）　明日

（明天）　明後日（後天）

※日語漢字中有「～日」的（記憶訣竅）

(2)先先週（上上禮拜）　先週（上禮拜）　今週（這禮拜）

来週（下禮拜）　さ来週（下下禮拜）

※日語漢字中有「～週」的

(3)先先月（上上個月）　先月（上個月）　今月（這個月）

来月（下個月）　さ来月（下下個月）

※日語漢字中有「～月」的

(4)一昨年（前年）　去年（去年）　今年（今年）

来年（明年）　さ来年（後年）

※日語漢字中有「～年」的

(5)毎朝（每天早上）　毎晩（每天晚上）　毎日（每天）

毎週（每星期）　毎月（每個月）　毎年（每年）

※日語漢字中有「毎～」的

(6)朝（早上）　夜（晚上）　今朝（今天早上）　今晩（今天晚上）　午前中（上午）　午後（下午）　夕方（黃昏）

(7)昔（以前）　さっき（剛才）　最近（最近）　今（現在）

この間（近來）　将来（將來）　いつ（什麼時候）

いつも（經常）

2.此用法常見的句型模式為：

「**時間名詞＋に＋動詞**」

「對象」+に

用法：「に」：表示動作的「對象」，如圖所示：

主語 ── は ── 對象 に

例句

1. 先輩に　あいさつを　した。
   （向學長打了招呼。）
   【する（做：弄）〈五段〉→し+た】

先輩に

2. 友達に　メールを　出した。
   （發郵件給朋友。）【出す（發出）〈五段〉】

3. 妹 は 花に 水を やりました。
   （妹妹澆花。）
   【やる（做：弄）〈五段〉→やり+ました】

花に

4. 魚に 餌を あげた。
   （餵魚餌食。）
   【あげる（給）〈下一段〉→あげ+た】

魚に

5. 野菜に 農薬を 撒きました。
   （對蔬菜撒了農藥。）
   【撒く（撒）〈五段〉→撒き+ました】

圖解N5文法一本通，絕對PASS

「變化的結果」+に

用法：「に」：表示「變化的結果、狀態」

1.水<ruby>が<rt></rt></ruby>　氷<ruby>こおり<rt></rt></ruby>に　なった。

（水變成冰。）

【なる（變成）〈五段〉→なり＋た
　　→なった（促音便）】

2.信号<ruby>しんごう<rt></rt></ruby>は　黄色<ruby>きいろ<rt></rt></ruby>に　変<ruby>か<rt></rt></ruby>わった。

（信號變成黃色。）

【変わる（變成）〈五段〉→変わり＋た
　　→変わった（促音便）】

3.ケーキを　三つに　切<ruby>き<rt></rt></ruby>った。

（將蛋糕切成 3 塊。）

【切る（切）〈五段〉→切り＋た
　　→切った（促音便）】

4.家<ruby>いえ<rt></rt></ruby>を　売<ruby>う<rt></rt></ruby>って　金<ruby>かね<rt></rt></ruby>に　換<ruby>か<rt></rt></ruby>えた。

（把房子賣掉換現金。）

【売る（賣）〈五段〉→売り＋た→売った（促音便）】

【換える（換）〈下一段〉→換え＋た】

5.鶏<ruby>にわとり<rt></rt></ruby>の　卵<ruby>たまご<rt></rt></ruby>が　雛<ruby>ひな<rt></rt></ruby>に　孵<ruby>かえ<rt></rt></ruby>る。

（雞蛋會孵化成小雞。）

【孵る（孵化）〈五段〉】

「名詞」＋に＋「數量詞」

用法：「に」：前接名詞（時間、人數等）表示動作發生的次
　　　數、比例（每～）

例句

1. <u>週</u>に一回、ピンポンを　やります。
   （一週打一次乒乓球。）
   【やる（打）〈五段〉→やり＋ます】

2. <u>月</u>に　５千円　払います。
   （一個月要付５千圓（日幣）。）
   【払う（付費）〈五段〉→払い＋ます】

3. <u>一人</u>に　２本　配ります。
   （一個人要分兩支。）
   【配る（分配）〈五段〉→配り＋ます】

4. <u>５人</u>に　１人は　不合格です。
   （５人中有１人不及格。）

5. <u>割引券</u>は　一人に　一枚。
   （折價券一人發一張。）

6. <u>一ケ月</u>に　一キロ　落とした。
   （一個月減肥一公斤。）
   【落とす（減少）〈五段〉→落とし＋た】

11.「ね」的用法

～ね（感嘆）

CD: 37

用法：「ね」：表示「感嘆、感動」語氣

1. よく　出来ましたね。

（做得很好呀！）

【出来る（會；能）〈上一段〉→出来+ました】

【よく（很）〈副詞〉】

2. この　葡萄は　うまいね。

（這個葡萄很好吃呀！）

【うまい（好吃）〈形容詞〉】

3. 風が　爽やかですね。

（風滿涼爽的呀！）

〜ね（詢問）

CD: 38

用法：「ね」：表示「詢問或確認」。

例句

1. あなたは　山中さんですね。

   （您是山中先生吧？）

2. 家から　駅まで　どのぐらい

   かかりますかね。

   （從家裡到車站，大概需要多少時間呢？）

   【かかる（耗費時間）〈五段〉

   　→かかり＋ます】

12. 「の」的用法

「名詞」+の+「名詞」

用法：「の」：表示所屬性質、特徵

例句

1. 私の 家。
（我的家。）

2. 英語の 本。
（英語的書。）

3. これは 日本の 車 です。
（這個是日本的車子。）

4. 会社の 寮 です。
（公司的宿舍。）

5. 自分の 店を 持ちました。
（擁有自己的店。）

【持つ（擁有）〈五段〉→ 持ち+ました】

「名詞修飾句」+の

CD: 40

用法：「の」：代替名詞，如「人、事、物等」。畫線部分為
　　　「名詞修飾句」

例句

1.校庭に　居る　のは　誰ですか。
　（在操場的人是誰？）
　【「の」：代替「人」】

2.漢字を　書く　のが　難しい。
　（寫漢字這件事是困難的。）
　【「の」：代替「事」】

3.一番　高い　のは　富士山です。
　（最高的山就是富士山。）
　【「の」：代替「山」】

4.私の　好きな　のは　あれです。
　（我所喜歡的是那個。）
　【「の」：代替「物」】

13.「は」的用法

<h2 style="text-align:center">「主語」+は+「述語」</h2>

CD: 41

用法：「は」：表示「強調」述語的内容（畫線部分）

1. <ruby>松下<rt>まつした</rt></ruby>さんは　<ruby>弁護士<rt>べんごし</rt></ruby>です。

　　（主語）　　　　　　（述語）

　（松下先生是律師。）

2. <ruby>彼<rt>かれ</rt></ruby>は　どこに　<ruby>勤<rt>つと</rt></ruby>めて　いますか。

　（他在哪裡上班呢？）

　【勤める（上班）〈下一段〉→勤め+て】

3. <ruby>戦争<rt>せんそう</rt></ruby>は　<ruby>恐<rt>おそ</rt></ruby>ろしい。

　（戰爭滿可怕的。）

4. <ruby>川<rt>かわ</rt></ruby>は　<ruby>穏<rt>おだ</rt></ruby>やかです。

　（河川水流滿平穩的。）

〜は（加強語氣）

用法：「は」：表示加強語氣，即強調後面的句子。（畫線部分）

（例句）

1. 豚肉<ruby>豚肉<rt>ぶたにく</rt></ruby>は　要<ruby>要<rt>い</rt></ruby>りません。

   （不要豬肉。）

   【要る（需要）〈五段〉→ 要り+ません】

2. ここには　何<ruby>何<rt>なに</rt></ruby>も　ありません。

   （這裡什麼也沒有。）

   【有<ruby>有<rt>あ</rt></ruby>る（有）〈五段〉→ あり+ません】

3. 今日<ruby>今日<rt>きょう</rt></ruby>は　寒<ruby>寒<rt>さむ</rt></ruby>くは　ないです。

   （今天並不冷。）

   【寒い（冷的）〈形容詞〉→ 寒くない】

（注意）

「は」可以取代「が」或「を」，或接在其他「助詞」之後表示強調語氣，如：

⊙家<ruby>家<rt>いえ</rt></ruby>が　あります。

　→山<ruby>山<rt>やま</rt></ruby>の　上<ruby>上<rt>うえ</rt></ruby>に　家は　ありません。

　（山上沒房子。）

⊙肉<ruby>肉<rt>にく</rt></ruby>を　食<ruby>食<rt>た</rt></ruby>べます。→肉は　食べません。（不吃肉。）

14.「へ」的用法

「方向」＋へ

CD: 43

用法：「へ」：表示移動的「方向」、「目標」（往～；朝
向～）

例句

1.スーパーへ　行<ruby>く<rt>い</rt></ruby>。

（要去超市。）

【スーパー（超市）（supermarket）】

【行く（去）〈五段〉】

2.<ruby>村<rt>むら</rt></ruby>へ　<ruby>向<rt>む</rt></ruby>かいます。

（要向村裡走去。）

【向かう（向～前進）〈五段〉→ 向かい+ます】

3.<ruby>箱<rt>はこ</rt></ruby>を　トラックへ　<ruby>運<rt>はこ</rt></ruby>びます。

（要把箱子搬到卡車上。）

【運ぶ（搬運）〈五段〉→ 運び+ます】

4.<ruby>鷹<rt>たか</rt></ruby>は　<ruby>南<rt>みなみ</rt></ruby>へ　<ruby>飛<rt>と</rt></ruby>んだ。

（老鷹飛向了南方。）

【飛ぶ（飛）〈五段〉→ 飛び+た
　→ 飛んだ（ん音便）】

5. <u>アフリカへ</u>　<ruby>立<rt>た</rt></ruby>ちます。

（要出發到非洲。）

【立つ（出發往～）〈五段〉→ 立ち+ます】

 注意

> 表示移動的方向、目標「へ」和「に」的差別如下：
>
> 「へ」：強調「移動的方向」。
>
> 「に」：強調「到達的場所」，請參照——「到達點」+に。

「動作對象」+へ

用法：「へ」：表示動作的對象

例句

1. 両親へ　電話を　掛けました。
りょうしん　でん　わ　　　　か
（打電話給父母親。）

【掛ける（打電話）〈下一段〉
→ 掛け+ました】

2. これは　母への　贈り物です。
はは　　おく　もの
（這是給媽媽的禮物。）

注意

此用法的「へ」可換成「に」，但例句2的「へ」不可代換：

（×）これは　母にの　贈り物です。
おく　もの

15.「ほど」的用法

～ほど（數量、程度）

CD: 45

用法：前接數量詞，表示大約的數量或程度

例句

1. 日照りが 二か月ほど 続いて いる。
   （日照大約持續了兩個月左右。）
   【続く（持續）〈五段〉→ 続き+て→ 続いて（い音便）】

2. 彼は これほどの お金を 持った
   ことは ない。
   （他沒有擁有過這麼多錢。）
   【持つ（持有）〈五段〉→ 持ち+た
   → 持った（促音便）】

これほど

 注意

「ほど」不可使用於「時間」或「日期」上，此時可用「ごろ」：
（○）10 時ごろまで 寝て いる。
（×）10 時ほどまで 寝て いる。
　　（一直睡到 10 點左右。）
（○）3 月 5 日ごろに 子供が 生まれる 予定です。
（×）3 月 5 日ほどに 子供が 生まれる 予定です。
　　（嬰兒預定 3 月 5 日出生。）

～ほど（比較）

用法：表示程度的比較，後句常為否定

1. 今年（ことし）の　冬（ふゆ）は　去年（きょねん）ほど　寒（さむ）くない。

（今年的冬天沒有去年那麼冷。）

2. 我（わ）が家（や）ほど　落（お）ち着（つ）く　所（ところ）は　ない。

（再也沒有像我家這麼安定的地方。）

【落ち着く（安定）〈五段〉】

16.「まで」的用法

「界限」＋まで

CD: 47

用法：「まで」：表示「界限」，如圖所示：

まで

例句

1. 会社は　9時から　5時までです。

（公司的上班時間是從9時到5時。）

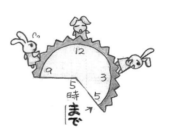

2. ホテルから　花屋まで　歩きます。

（要從旅館走到花店。）

【歩く（走）〈五段〉→ 歩き+ます】

3. 荷物は　10キロまで。

（行李限重10公斤。）

CD: 47

 注意

「まで」與「までに」的差別：

「まで」：表示「界限（～爲止）」，指動作持續到某一界限爲止，如以上例句。

「までに」：表示某動作在某一時間之前發生，例如：

12 時までに　寝る。

（12 點以前就寢。）

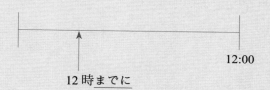

12:00

12 時までに

17.「も」的用法

～も（同類）

CD: 48

用法：「も」：表示同類事物的並列（～也）

>[例句]

1. 今日<ruby>も<rt>きょう</rt></ruby> 晴<ruby>は<rt></rt></ruby>れです。

今日_{きょう}も 晴_はれです。

（今天也是晴天。）

※昨天是晴天

2. 雨_{あめ}が 強_{つよ}い。風_{かぜ}も 強い。

（雨勢強。風勢也強。）

3. 彼は 野球_{やきゅう}が 上手_{じょうず}です。
   テニスも 上手です。

（他棒球打得好，網球也厲害。）

～も（同類事物）

用法：指兩種以上的同類事物並列之意

1. 野
の
にも 山
やま
にも 花
はな
が 咲
さ
いて
います。

（原野裡，山裡都開著花。）

【咲く（花開）〈五段〉→ 咲き＋て
→ 咲いて（い音便）】

2. 田
た
中
なか
さんは 魚
さかな
も 肉
にく
も
食
た
べません。

（田中先生不吃魚，也不吃肉。）

【食べる（吃）〈五段〉→ 食べ＋ません】

3. 水
すい
曜
よう
日
び
も 木
もく
曜
よう
日
び
も 休
やす
みだ。

（星期三、四都是放假日。）

「疑問詞」＋も

CD: 50

用法：前接疑問詞表示全面的肯定、否定（加強語氣）

例句

1. 会議室に　誰も　いません。

（會議室裡都沒人。）

【居る（存在：有）〈五段〉→居＋ません】

2. 休みは　何も　しない。

（休假時，什麼也沒做。）

【する（做：弄）→し＋ない】

3. どこも　行きたくない。

（什麼地方也不想去。）

【行く（去）〈五段〉→行き＋たい

　→行きたくない】

4. テーブルの　上に　何も　ありません。

（桌上什麼也沒有。）

【有る（有）〈五段〉→あり＋ません】

5. どれも　半額です。

（都是半價。）

注意

1. 助詞「**か**」、「**を**」要省略：

（×）誰かも　→（○）誰も

（×）何をも　→（○）何も

2. 助詞「**へ**」可有可無：

どこ（へ）も

3. 除此以外的助詞不可省略：

誰とも、誰にも

〜も（強調）

CD: 51

用法：表示「強調」語氣（竟然〜；甚至〜）

例句

1. 3 時間も　走りました。
   （竟然跑了 3 小時。）
   【走る（跑）〈五段〉→ 走り+ました】

2. この　箱、20キロも　あります。
   （這個箱子，竟然有 20 公斤。）
   【ある（有）〈五段〉→あり+ます】

3. 一気に、5 杯も　飲んだ。
   （竟然一口氣喝下 5 杯。）
   【飲む（喝）〈五段〉→ 飲み+た
   　→ 飲んだ（ん音便）】

4. 車を　6 台も　持っています。
   （甚至擁有 6 台車子。）
   【持つ（擁有）〈五段〉→ 持ち+て
   　→ 持って（促音便）】

5. 4キロも　泳いだ。
   （竟然游了 4 公里。）
   【泳ぐ（游泳）〈五段〉→ 泳ぎ+だ
   　→ 泳いだ（い音便）】

18.「～や～（など）」的用法

用法：「や」：表示同類事物的並列

例句

1. 牛や　羊を　飼う。

（飼養牛羊等。）

【飼う（飼養）〈五段〉】

2. 冷蔵庫に　野菜や　肉や
パン（など）が　ある。

（冰箱裡有蔬菜、肉、麵包等。）

3. イギリスや　スペインなど　いろいろな　国を
旅行した。

（曾到英國、西班牙等國家旅行過。）

【旅行する（旅行）〈五段〉→ 旅行し＋た】

 注意

1. 表示事物的列舉的助詞「や」與「と」，其差別如下：
⊙「や」列舉所見「部分」的事物。例如上述例句 2 的冰箱中尚有
其他的東西。
⊙「と」列舉所見「所有」的事物。例如：
雑誌と　本が　ある。
（有雜誌和書。）→ 全部只有兩種東西

2.「等」（助詞）：只能和「や」搭配出現（例句 2、3），不可和
　「と」同時出現，如：
　　（×）雑誌と　本などが　ある。
3.此項用法的句型模式為：
　　「名詞＋や」＋（「名詞＋や」）＋「名詞（＋など）」

19.「よ」的用法

用法：強調自己的見解、主張，並提醒對方注意

例句

1.僕_{ぼく}も　行_いく**よ**。

（我也去哦！）

2.お湯_ゆは　熱_{あつ}い**よ**。

（開水滿燙的喲。）

3.そこは　危険_{きけん}だ**よ**。

（那裡滿危險的喲。）

20.「より」的用法

「比較的基準」+より

CD: 54

用法：「より」：表示「比較的基準」，前接「比較的事物」
　　　（比起～）。

例句

1.地下鉄は　船より　速い。

　　（地鐵比船的速度快。）

2.カードは　現金より　便利です。

　　（信用卡比現金方便使用。）

3.今年の　冬は　去年より　寒い。

　　（今年的冬天比去年冷。）

注意

1.此項用法的句型為：

■Aは　　Bより　～

　（A比B～）【上述例句】

　→人間の　命は　何より　大切です。

　　（人命重於一切。）【何より：表示最高級】

■ Bより　　Aの　方が　〜

　（和 B 〜比較，A 較〜）

　→ 船より　地下鉄の　方が　速い。

　（和船比較起來，地鐵速度較快。）【例句 1 的轉變】

2. 此項表示比較的句子，不使用否用形：

　（×）自転車は　電車より　速くない。

21.「を」的用法

「動作的對象」+を

CD: 55

用法：「を」表示動作的對象，類似中文的「把」。句型模式為：

（主語は）「動作的對象」+を+動詞
（述語）

例句

1. 私は　スープを　飲<ruby>飲<rt>の</rt></ruby>みます。
   （我要喝湯。）
   【スープ（湯）〈soup〉】
   【飲む（喝）〈五段〉→飲み+ます】

2. <ruby>薬<rt>くすり</rt></ruby>を　<ruby>塗<rt>ぬ</rt></ruby>ります。
   （塗藥。）
   【塗る（塗）〈五段〉→塗り+ます】

3. <ruby>猫<rt>ねこ</rt></ruby>を　<ruby>描<rt>か</rt></ruby>きます。
   （畫貓。）
   【描く（畫）〈五段〉→描き+ます】

4.タクシーを　呼^よびます。

（叫計程車。）

【呼ぶ（呼叫）〈五段〉→ 呼び+ます】

5.草^{くさ}を　刈^かります。

（剪草。）

【刈る（剪）〈五段〉→ 刈り+ます】

6.何^{なに}を　言^いいましたか。

（說了什麼呢？）

【言う（說）〈五段〉→ 言い+ました】

「移動的場所」+を

CD: 56

用法：「を」：表示移動時所經過的場所，後接具移動性質的
　　　自動詞，句型的模式為：「移動的場所」+「を」+自動
　　　詞，如圖示：

例句

1.<ruby>公園<rt>こうえん</rt></ruby>を　<ruby>散歩<rt>さんぽ</rt></ruby>します。

（在公園散步。）

【散歩する（散步）→散歩し＋ます】

2.<ruby>道<rt>みち</rt></ruby>を　<ruby>歩<rt>ある</rt></ruby>きます。

（要走在路上。）

【歩く（走）〈五段〉→歩き＋ます】

3.バスは　<ruby>駅<rt>えき</rt></ruby>の　<ruby>前<rt>まえ</rt></ruby>を　<ruby>通<rt>とお</rt></ruby>ります。

（公車會通過車站前面。）

【通る（通過）〈五段〉→通り＋ます】

4.<ruby>狼<rt>おおかみ</rt></ruby>が　<ruby>野原<rt>のはら</rt></ruby>を　<ruby>走<rt>はし</rt></ruby>った。

（狼跑過了原野。）

【走る（跑）〈五段〉→走り＋た→走った（促音便）】

CD: 56

5.横断歩道を　渡ります。
_{おうだん　ほ　どう}　　　_{わた}

（要橫跨斑馬線。）

【渡る（橫跨）〈五段〉→ 渡り+ます】

6.階段を　下ります。
_{かいだん}　　_お

（要走下樓梯。）

【下りる（走下）〈上一段〉→ 下り+ます】

7.鳥が　空を　飛んでいます。
_{とり}　　_{そら}　　_と

（鳥正飛過天空。）

【飛ぶ（飛）〈五段〉→ 飛び+て → 飛んで（ん音便）】

8.魚 が　川を　泳いでいる。
　_{さかな}　　_{かわ}　　_{およ}

（魚正游過河川。）

【泳ぐ（游泳）〈五段〉→ 泳ぎ+て
　→ 泳いで（い音便）】

9.交差点を　右に　曲がります。
_{こう　さ　てん}　　_{みぎ}　　_ま

（要在十字路口往右轉。）

【曲がる（轉彎）〈五段〉→ 曲がり+ます】

10.木を　登ります。
　_き　　_{のぼ}

（要爬樹。）

【登る（爬；登）〈五段〉→ 登り+ます】

11. 山<small>やま</small>を　ドライブします。

（要在山裡兜風。）

【ドライブする（兜風）〈五段〉

→ドライブし＋ます】

12. 韓国<small>かんこく</small>を　旅行<small>りょこう</small>します。

（要在韓國旅行。）

【旅行する（旅行）→旅行し＋ます】

「離開點」+を

用法：「を」：表示「離開點」，即「動作的起點」，後接脫離性質的自動詞。句型模式為：

（主語は）【離開點】+「を」+自動詞。如圖所示：

を ⟶

例句

1.私は　家を　出ます。
いえ　　で

（我要離家。）

【出る（出去）〈下一段〉→ 出+ます】

2.飛行機を　降ります。
ひこうき　　お

（要下飛機。）

【降りる（下降）〈上一段〉→ 降り+ます】

3.故郷を　離れます。
こきょう　　はな

（要離開故鄉。）

【離れる（離開）〈下一段〉→ 離れ+ます】

4.席を　立ちます。
せき　　た

（要離開座位。）

【立つ（離開）〈五段〉→ 立ち+ます】

CD: 57

5.<u>大学を</u> 卒業します。

（要從大學畢業。）

【卒業する（畢業）→ 卒業し＋ます】

注意

「を」與「から」同樣表示動作起點之意，但其差別如下：

- 「を」：重點在「動作起點的移動」，例如：
  家を 出る →重點在「離開」（例句1）
- 「から」：重點在「動作起點的場所」，例如：
  家から 出る →重點在「從家這個場所」

二、動詞

■五段動詞（Ⅰ類動詞）

CD:58

⊙日語的動作分成 3 大類，如下表：

	五段動詞（Ⅰ類動詞）	
動詞的分類	上一段動詞	Ⅱ類動詞
	下一段動詞	
	カ行變格動詞（来る）	Ⅲ類動詞
	サ行變格動詞（〜する）	

⊙五段動詞原形（字典形）的區分方式：

1. 五段動詞原形的最後一個音在「う段音」者（「る」除外），如：

　○○●→う段音（う、く、す、つ、ぬ、む、ぐ、ぶ）
　　会う（見面）、聞く（聽）、話す（說話）、持つ（帶）
　　死ぬ（死）、読む（讀）、泳ぐ（游泳）、飛ぶ（飛）

2. 動詞原形（字典形）的詞尾是「る」，而「る」的前一個音是
　「あ段」、「う段」、「お段」音者。例如：

あ段音（あ、か、さ、た、な、は、ま、や、わ、ざ、
　　　　ば）

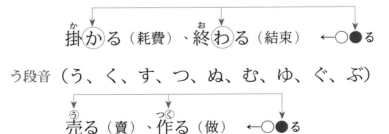

　　掛かる（耗費）、終わる（結束）　←○●る

う段音（う、く、す、つ、ぬ、む、ゆ、ぐ、ぶ）

　　売る（賣）、作る（做）　←○●る

お段音（お、こ、そ、と、の、ほ、も、よ、ご、ど、
　　　　ぼ）

取る（取）、通る（通過）　←○●る

■上、下一段動詞（Ⅱ類動詞）

（起床）

⊙上一段和下一段動詞（Ⅱ類動詞），區分方式如下：

上一段動詞區分的方法

　　動詞原形（字典形）的詞尾是「**る**」，而「**る**」的前一個音為「**い段**」音者。例如：

い段音（い、き、ち、に、ひ、み、り、ぎ、じ、び）

居る（存在）、起きる（起床）、見る（看）　←○●る

例外

　　形態屬於「上一段動詞」，卻是「**五段動詞**」者，例如：

要る（需要）、切る（切）、知る（知道）、入る（進入）、
走る（跑）……

下一段動詞區分的方法

　　動詞原形（字典形）的詞尾是「る」，而「る」的前一個音爲「え段」音者。例如：

え段音（え、け、せ、て、ね、へ、め、れ、げ、ぜ、
　　　　で、べ）

開(け)る（開）、寝る（睡）、食(べ)る（吃）　←○●る

例外

　　形態屬於「下一段動詞」，卻是「**五段動詞**」者，例如：

帰(かえ)る（回家）、蹴(け)る（踢）、茂(しげ)る（繁茂）、照(て)る（照射）、

減(へ)る（減少）……

■来る・（〜）する（III類動詞）

　　III類動詞爲：「来(く)る（來）」與「する（做；弄）」兩種，其例如下：

来る

彼女(かのじょ)が　来る。（她要來。）

する

<ruby>彼<rt>かれ</rt></ruby>が　<ruby>野球<rt>やきゅう</rt></ruby>を　<u>する</u>。（他要打棒球。）

～する

　　「**する**」的前面（「～」的部分）會變成具有「動作意義的名詞、外來語或副詞」，結合成「複合動詞」，如：

⊙<ruby>結婚<rt>けっこん</rt></ruby>する（結婚）

⊙メモする（做備忘）

⊙はっきりする（弄清楚）

2.動詞─字典形（原形）

用法：動詞─「字典形」（常體）＝「動詞─ます形」（敬體），皆表示「述語」的動作。

例句

1.子供は　絵本を　読む。
　　主語　　　述語　（＝読みます）
　（小朋友要看圖畫書。）
　【読む（讀）〈五段〉→読み＋ます（敬體）】

2.私は　絵を　見る。
　（我要看畫。）（＝見ます）
　【見る（看）〈上一段〉→見＋ます】

3.美奈子は　10時に　寝る。
　（美奈子會在10點睡覺。）（＝寝ます）
　【寝る（睡覺）〈下一段〉→寝＋ます】

4.田中は　明日　来る。
　（田中明天會來。）（＝来ます）
　【来る（來）→来＋ます→注意】

5.私達は　野球を　する。
　（我們要打棒球。）（＝し＋ます）
　【する（做；弄）】

注意

1. 動詞—「字典形」（常體；普通形）＝「動詞—ます形」（敬體；
   禮貌形）變化方式如下：

五段動詞（Ⅰ類動詞）		
（字典形）	（い段音）	（ます形）
洗う	洗い	＋ます
聞く	聞き	＋ます
話す	話し	＋ます
立つ	立ち	＋ます
死ぬ	死に	＋ます
休む	休み	＋ます
降る	降り	＋ます
泳ぐ	泳ぎ	＋ます
遊ぶ	遊び	＋ます

い う
段 段
音 音
↓ ↓

★★

あ　い　う　え　お
　　き　く
　　し　す
　　ち　つ
　　に　ぬ
　　み　む
　　り　る
が　ぎ　ぐ　げ　ご
ば　び　ぶ　べ　ぼ

上、下一段動詞（Ⅱ類動詞）	
（字典形）	（ます形）
借りる（上一段）　→	借り＋ます
食べる（下一段）　→	食べ＋ます

来る・（～）する（Ⅲ類動詞）	
（字典形）	（ます形）
来る　→	来＋ます
（～）する　→	（～）し＋ます

2. 「常體」（普通形）：是指不需要表示恭敬或客氣的語體，常用於
   熟人之間或上輩對下輩說話時。

   「敬體」（禮貌形）：表示恭敬或客氣的語體。

用法：「動詞—ない形」（常體；普通形）：「動詞+ませ
　　　ん」（敬體；禮貌形），兩者皆表示述語的「否定」。

例句

1.（私は）　英語を　話さない。
　　主語　　　述語　　（＝話しません）
　（我不說英語。）
　【話す（說話）〈五段〉→ 話さ+ない】

2.敬子は　6時に　起きない。
　　　　　　　　（＝起きません）
　（敬子不在6點起床。）
　【起きる（起床）〈上一段〉→ 起き+ない】

3.お祖父さんは　牛肉を　食べない。
　　　　　　　　　　　（＝食べません）
　（祖父不吃牛肉。）
　【食べる（吃）〈下一段〉→ 食べ+ない】

4.彼は　ここに　来ない。
　　　　　　（＝来ません）
　（他不來這裡。）
　【来る（來）→ 来+ない】

CD: 60

5. 弟 は 日本語を 勉強 しない。

（＝勉強 し ません）

（弟弟不讀日語。）

【勉強 する （讀書）→ 勉強 し＋ない】

 注意

1. 「動詞―ない形」＝「動詞＋ません」的變化方式如下：

五段動詞（Ⅰ類動詞）			
（字典形） →	「ない形」 ＝	「動詞＋ません」	
会う（見面）	会わ＋ない	会い＋ません	わいうえお
聞く（聽）	聞か＋ない	聞き＋ません	かきく
出す（提出）	出さ＋ない	出し＋ません	さしす
待つ（等）	待た＋ない	待ち＋ません	たちつ
死ぬ（死）	死な＋ない	死に＋ません	なにぬ
休む（休息）	休ま＋ない	休み＋ません	まみむ
帰る（回家）	帰ら＋ない	帰り＋ません	らりる
泳ぐ（游泳）	泳が＋ない	泳ぎ＋ません	がぎぐ
飛ぶ（飛）	飛ば＋ない	飛び＋ません	ばびぶ

上、下一段動詞（Ⅱ類動詞）			
（字典形）	「動詞―ない形」	＝	「動詞＋ません」
見る（看）〈上一段〉	見＋ない	＝	見＋ません
食べる（吃）〈下一段〉	食べ＋ない	＝	食べ＋ません

来る・（〜）する（III類動詞）			
（字典形）	「動詞―ない形」	=	「動詞＋ません」
来る	来＋ない	=	来＋ません
（〜）する	（〜）し＋ない	=	（〜）し＋ません

動詞+なかった

用法：「動詞+なかった」（常體；普通形）
　　　＝「動詞+ませんでした」（敬體；禮貌形），兩者皆
　　　表示否定的過去式。

例句

1.昨日　会社へ　行かなかった。
　　　　　　　　　（＝行きませんでした）

（昨天沒去上班。）

【行く（去）〈五段〉→行か+なかった】

2.さっき　バスを　降りなかった。
　　　　　　　（＝降りませんでした）

（剛才沒下公車。）

【降りる（下降）〈上一段〉→降り+なかった】

3.今朝、朝ご飯を　食べなかった。
　　　　　　　　　（＝食べませんでした）

（今天早上沒吃早飯。）

【食べる（吃）〈下一段〉
　　　→食べ+なかった】

4.幸子は　先週、学校へ　来なかった。
　　　　　　　　　（＝来ませんでした）

（幸子上週沒來上學。）

【来る（來）→来+なかった】

5.（私は）おととい、<ruby>運転<rt>うんてん</rt></ruby>しなかった。

（＝運転しませんでした）

（我前天沒開車。）

【運転する（開車）→ 運転し+なかった】

 注意

1. 此項用法的「接續」方式同「動詞―ない形」，請參照。

2. 動詞的「時式、語體」

　動詞的詞幹不會變，只有詞尾在變，現將其「時式、語體」列表公式如下：

時式 ＼ 語體	肯定		否定	
	常體（普通形）	敬體（禮貌形）	常體（普通形）	敬體（禮貌形）
未來式（現在式）無時式	字典形	動詞―ます形	動詞―ない形	動詞 +ません
過去式	動詞―た形	動詞+ました	動詞+なかった	動詞+ませんでした

　現以「<ruby>居<rt>い</rt></ruby>る（在）〈上一段〉」為例，套入公式如下：

時式 ＼ 語體	肯定		否定	
	常體（普通形）	敬體（禮貌形）	常體（普通形）	敬體（禮貌形）
未來式（現在式）無時式	<ruby>居<rt>い</rt></ruby>る	居ます	居ない	居ません
過去式	居た	居ました	居なかった	居ませんでした

圖解N5文法一本通，絕對PASS

※日語「時式」表達如下圖所示：

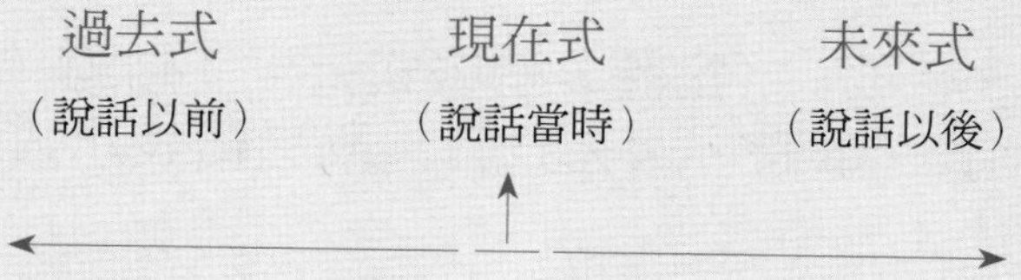

　　　過去式　　　　　現在式　　　　　未來式
　（說話以前）　　（說話當時）　　（說話以後）

⊙無時式：指無時間限制的習慣、常理、定理。
⊙能用動詞—「字典形」或「ます形」（包含否定句）來表示，「現
　在式」（說話當時的動作），只有少數表示存在（居る、有る）、
　能力性動詞（「出来る」／能；會、「行ける」／能去……）等動
　詞而已，其他的動詞多以「未來式、無時式」形態出現。

CD: 62

用法：「動詞―た形」（常體・過去式）＝「動詞（ます形）
　　　＋ました」（敬體・過去式），兩者皆表示述語的過去
　　　式。

例句

1.今朝　絵を　描いた。
　　　　　（＝描きました）
　（在今天早上畫圖。）
　【描く（畫）〈五段〉→ 描き＋た
　　→ 描いた（い音便）】

2.兄は　シャワーを　浴びた。
　　　　　　　（＝浴びました）
　（哥哥沖了澡。）
　【浴びる（沖澡）〈上一段〉→ 浴び＋た】

3.小林 は　出掛けた。
　　　　　（＝出掛けました）
　（小林已經外出。）
　【出掛ける（外出）〈下一段〉→ 出掛け＋た】

4.正子は　もう　来た。
　　　　　（＝来ました）
　（正子已經出來了。）
　【来る（來）→ 来＋た】

5.高橋は　先週　工場を　見物した。

（＝見物しました）

（高橋上週參觀了工廠。）

【見物する（參觀）→ 見物し+た】

 注意

1.「動詞一た形」的變化方式

五段動詞（Ⅰ類動詞）			
（字典形）			（た形）
洗う	洗い+た	→	洗った（促音便）
聞く	聞き+た	→	聞いた（い音便）
話す	話し+た	→	話した
立つ	立ち+た	→	立った（促音便）
死ぬ	死に+た	→	死んだ（ん音便）
休む	休み+た	→	休んだ（ん音便）
降る	降り+た	→	降った（促音便）
泳ぐ	泳ぎ+た	→	泳いだ（い音便）
遊ぶ	遊び+た	→	遊んだ（ん音便）

※「音便」

為了便於發音而以某個音取代原來的發音，稱為「音便」。

但是動詞的「音便」現象一定要「五段動詞」（Ⅰ類動詞）後接助動詞「た」、「たら」、助詞「たり」、「て」、「ては」、「ても」、「てから」及「て+補助動詞（いる、ある……）」才會發生。

※音便的種類：

◎い音便：き、ぎ→い（ぎ的後面接續要改為「濁音」）

例如：

「聞き+て」→ 聞いて（て形）・「聞き+た」→
聞いた（た形）

「急ぎ+て」→ 急いで（て形）・「急ぎ+た」→
急いだ（た形）

・注意
音便的唯一例外 →「行く」
「行き+て」→ 行って （×）行いて
「行き+て」→ 行った （×）行いた

⊙促音便：い、ち、り→促音，例如：

「会い+て」→あって（て形）・「会い+た」→
あった（た形）

「待ち+て」→ 待って（て形）・「待ち+た」→
待った（た形）

「有り+て」→ 有って（て形）・「有り+た」→
有った（た形）

⊙ん音便：に、み、び→ん（「ん」後面接續的音全部改為「濁
音」），例如：

「死に+て」→ 死んで（て形）・「死に+た」→
死んだ（た形）

「読み+て」→ 読んで（て形）・「読み+た」→
読んだ（た形）

「飛び+て」→ 飛んで（て形）・「飛び+た」→
飛んだ（た形）

上、下一段動詞（II類動詞）			
（字典形）			（た形）
起きる（起床）〈上一段〉	起き+た	→	起きた
寝る（睡）〈下一段〉	寝+た	→	寝た

来る・（〜）する（III類動詞）			
（字典形）			（た形）
来る	来+た	→	来た
（〜）する	（〜）し+た	→	（〜）した

2. 在口語的詢問時「た形」之後不接表示疑問的「か（助詞）」，
   如：

   （×）この　新聞、読んだか？

   （○）この　新聞、読んだ（↗）？

用法 1：對主語的內容做連續性的敘述

例句

1. 牛乳を 飲んで、パンを 食べて
   会社へ 行く。

   （喝牛奶，吃麵包，然後去上班。）

   【飲む（喝）〈五段〉→ 飲み+て

   　→ 飲んで（ん音便）】

   【食べる（吃）〈下一段〉→ 食べ+て】

2. 靴を 履いて、外に 出ます。

   （穿了鞋子後，就到外面。）

   【履く（穿鞋）〈五段〉→ 履き+て

   　→ 履いて（い音便）】

   【出る（外出）〈下一段〉→ 出+ます】

3. 封筒に 切手を 貼って 出した。

   （信封上貼了郵票後，再寄出去。）

   【貼る（貼）〈五段〉→ 貼り+て

   　→ 貼って（促音便）】

 注意

1. 「動詞―て形」的「接續」與「音便」問題同「動詞―た形」，請
   參照其「注意」事項。

2. 「動詞―て形」常見於會話體中，其語體、時式由句尾來決定，如
   例句 2 為敬體（禮貌形），例句 3 為常體（普通形）過去式。

圖解N5文法一本通，絕對PASS

用法 2：表示憑藉的方法、手段

例句

1. <ruby>歩<rt>ある</rt></ruby>いて　<ruby>家<rt>うち</rt></ruby>へ　<ruby>帰<rt>かえ</rt></ruby>りました。

（走路回家。）

【歩く（走路）〈五段〉→ 歩き+て→

歩いて（い音便）】

2. ネットを　<ruby>使<rt>つか</rt></ruby>って　<ruby>調<rt>しら</rt></ruby>べる。

（使用網路調查。）

【使う（使用）〈五段〉→ 使い+て→ 使って（促音便）】

【調べる（調査）〈下一段〉】

3. <ruby>自転車<rt>じてんしゃ</rt></ruby>に　<ruby>乗<rt>の</rt></ruby>って　<ruby>学校<rt>がっこう</rt></ruby>へ　<ruby>行<rt>い</rt></ruby>く。

（騎腳踏車去學校。）

【乗る（騎乘）〈五段〉→ 乗り+て→

乗って（促音便）】

用法 3：表示原因

例句

1. <ruby>重<rt>おも</rt></ruby>い　<ruby>箱<rt>はこ</rt></ruby>を　<ruby>持<rt>も</rt></ruby>って、<ruby>疲<rt>つか</rt></ruby>れた。

（因爲抱著重的箱子而感到疲勞。）

【持つ（拿）〈五段〉→ 持ち+て→

持って（促音便）】

【疲れる（疲勞）〈下一段〉→ 疲れ+た】

2. 入試<ruby>にゅうし</ruby>が　終<ruby>お</ruby>わって、嬉<ruby>うれ</ruby>しい。

（因爲入學考試結束而感到開心。）

【終わる（結束）〈五段〉→終わり+て→終わって（促音便）】

3. あの　映画<ruby>えいが</ruby>を　見<ruby>み</ruby>て、悲<ruby>かな</ruby>しく
なった。

（因爲看了那電影而感到悲傷。）

【見る（看）〈上一段〉→見+て】

4. 古<ruby>ふる</ruby>い　パンを　食<ruby>た</ruby>べて、お腹<ruby>なか</ruby>を
壊<ruby>こわ</ruby>した。

（由於吃了不新鮮的麵包而弄壞了肚子。）

【食べる（吃）〈下一段〉→食べ+て】

【壊す（弄壞）〈五段〉→壊し+て】

5. 運動<ruby>うんどう</ruby>して、痩<ruby>や</ruby>せた。

（因爲運動而變瘦了。）

【運動する（運動）→運動し+て】

【痩せる（變瘦）→痩せ+た】

 注意

> 此項用法（表示原因）的後句不能有表示「請求、命令、勸誘……」
> （可參照句型「～と」的注意事項）等主觀的句子出現，此時可用
> 「から」，如：
>
> （×）疲れて、休みましょう。
>
> （○）疲<ruby>つか</ruby>れたから、休<ruby>やす</ruby>みましょう。
>
> 　　　（因爲累了，休息吧！）

6.動詞+ている
（て形）

用法1：表示動作進行中

1.あの　子は　廊下を　走って　いる。
（那孩子正在走廊上跑。）
【走る（跑）〈五段〉→ 走り+て→
　走って（促音便）】

2.酒井さんは　電話を　して　います。
（酒井先生正在打電話。）
【する（做：弄）→し+て】

3.研修生は　今　工場を　見学して
います。
（研習生正在工廠見習。）
【見学する（見習）→ 見学し+て】

用法2：表示動作發生後的存續狀態

1.妹は　スカートを　穿いて　いる。
（妹妹穿著裙子。）
【穿く（穿）〈五段〉→ 穿き+て→
　穿いて（い音便）】

101

2. 道が 込んで いる。

（道路塞車。）

【込む（塞車）〈五段〉→ 込み＋て → 込んで（ん音便）】

3. 坂本さんは 帽子を 被って います。

（坂本先生戴著帽子。）

【被る（戴）〈五段〉→ 被り＋て →

　被って（促音便）】

4. 花が 咲いて います。

（花盛開著。）

【咲く（花開）〈五段〉→ 咲き＋て →

　咲いて（い音便）】

5. 先生の 電話は 知って いますか。

（你知道老師的電話嗎？）

——いいえ、知りません。

（不，不知道。）

【知る（知道）〈五段〉→ 知り＋て → 知って（促音便）】

6. 吉田さんは 結婚して いません。

（吉田先生未婚。）

【結婚する（結婚）→ 結婚し＋て】

 注意

1. 「知る（知道）」為較特殊的動詞，其「肯定」、「否定」為：

肯定	（×）知ります
	（○）知って　います。
否定	（○）知りません
	（×）知って　いません

用法 3：表示長久、重複、習慣性動作

例句

1. 弟は　毎日　学校に　通って　いる。
　（弟弟每天通學。）
　【通う（通學）〈五段〉→ 通い+て→ 通って
　（促音便）】

2. 森さんは　銀行に　勤めて　います。
　（森先生在銀行上班。）
　【勤める（上班）〈下一段〉→ 勤め+て】

3. 山口さんは　いつも　サングラスを　掛けて　います。
　（山口先生經常戴著墨鏡。）
　【掛ける（戴）〈下一段〉→ 掛け+て】

4. 父は　貿易会社の　社長を　して　います。
　（爸爸在貿易公司當老闆。）
　【する（做：弄）→ し+て】

注意

1. 「動詞+ている」的語體、時式列表公式如下：
   （て形）

時式＼語體	肯定		否定	
	常體 （普通形）	敬體 （禮貌形）	常體 （普通形）	敬體 （禮貌形）
非過去式	〜ている	〜ています	〜ていない	〜ていません
過去式	〜ていた	〜ていました	〜ていなかった	〜ていませんでした

現以「書く（寫）」（會有「い音便」）為例，套入公式如下：

時式＼語體	肯定		否定	
	常體 （普通形）	敬體 （禮貌形）	常體 （普通形）	敬體 （禮貌形）
非過去式	書いて いる	書いて います	書いて いない	書いて いません
過去式	書いて いた	書いて いました	書いて いなかった	書いて いませんでした

2. 表示存在「居る」與擁有「有る」沒有「〜て　いる」的用法，例
   如：

   （×）木が　あって　います。

3. 「〜て　いる」中的「い」音，在口語中經常被省略，如：
   読んで（い）ます。

圖解N5文法一本通，絕對PASS

動詞+て　いた

用法：「動詞+ていた」（過去式狀態・常體）＝
　　　（て形）

　　　「動詞+ていました」（過去式狀態・敬體）
　　　（て形）

例句

1. 昔　アメリカに　住んて　いた。
　　（むかし）　　　（す）

　　　　　　　　（＝住んで　いました）

（以前曾住過美國。）

【住む（住）〈五段〉→住み+て→住んで（ん音便）】

2. 昨日、川で　泳いで　いた。
　（きのう）（かわ）　（およ）

　　　　　　　（＝泳いで　いました）

（昨天在河川游泳。）

【泳ぐ（游泳）〈五段〉→泳ぎ+て

　→泳いで（い音便）】

3. 彼は 若い 時、英語を　教えて　いた。
　（かれ）（わか）（とき）（えいご）　（おし）

　　　　　　　　（＝教えて　いました）

（他年輕時，教過英文。）

【教える（教）〈下一段〉→教え+て】

4. 今朝、公園を　散歩して　いた。
　（けさ）（こうえん）（さんぽ）

（今天早上，在公園散步。（＝散歩して　いました）

【散歩する（散步）→散歩し+て】

接續

動詞一て形+いた

105

記憶竅門

1. 熟記各種「記憶訣竅規則」。
2. 多聽日語錄音，牢記自・他動詞的單字、例句。

自動詞定義

指動作是「自行、自動發生」，類似英文的「不及物動詞」，如下列：

主語 が　　自動詞
　　　　　　（述語）

火が　消える。
（火會熄滅。）

他動詞定義

指必需有「動作對象」才能表達完整語意的動詞，類似英文的「及物動詞」，如下列：

主語 は（が）　動作對象 を　他動詞
　　　　　　　　　　　　（述語）

私が　火を　消す。
（我要滅火。）【他動詞】

※「を」（助詞）：相當於中文的「把」。

記憶竅門──規則 1

動詞原形（字典形）：「～[あ段音]+る」為「自動詞」，「～[え段音]+る」為「他動詞」，如下例：

「～[あ段]+る」（自動詞・五段）　　「～[え段]+る」（他動詞・下一段）

上[が]る　　　　　　　　　　上[げ]る

※あ段：あ、か、さ、た、な、は、ま、ら、わ
　え段：え、け、せ、て、ね、へ、め、れ

實例

熱が　上がる。 （熱度會上升。） 【上がる（上升）〈五段〉】	私は　熱を　上げる。 （我會加熱。） 【上げる（提高）〈下一段〉】
室内が　暖まる。 （室內會溫暖。） 【暖まる（變溫暖）〈五段〉】	彼は　室内を　暖める。 （他要將室內弄暖。） 【暖める（弄溫暖）〈下一段〉】
体が　温まる。 （身體會變溫暖。） 【温まる（變溫暖）〈五段〉】	私は　体を　温める。 （我要讓身體溫暖。） 【温める（弄溫暖）〈下一段〉】
ボールが　頭に　当たる。 （球會碰到頭。） 【当たる（打中）〈五段〉】	兄は　ボールを　壁に　当てる。 （哥哥把球撞擊牆壁。） 【当てる（使～打中）〈下一段〉】
人が　集まる。 （人會聚集。） 【集ます（聚集）〈五段〉】	有名な　大学は　人を　集める。 （有名的大學會招生。） 【集める（收集）〈下一段〉】
入学試験に　受かった。 （入學考試合格了。） 【受かる（考上）〈五段〉→ 　受かり+た→受かった（促音便）】	私は　入学試験を　受ける。 （我要參加入學考試。） 【受ける（接受）〈下一段〉】

色が　薄<ruby>まる<rt></rt></ruby>。 （顏色會變淡。） 【薄まる（變淡）〈五段〉】	色を　薄<ruby>める<rt></rt></ruby>。 （將顏色弄淡。） 【薄める（弄淡）〈下一段〉】
広場も　見物人で 埋<ruby>まった<rt></rt></ruby>。 （廣場也被觀眾淹沒。） 【埋まる（埋）〈五段〉→ 埋まり+た → 埋まった（促音便）】	彼は　ごみを　埋<ruby>める<rt></rt></ruby>。 （他要埋垃圾。） 【埋める（埋）〈下一段〉】
柿の　木が　植<ruby>わる<rt></rt></ruby>。 （會種植柿子樹。） 【植わる（種植）〈五段〉】	父は　柿の　木を　植<ruby>える<rt></rt></ruby>。 （爸爸要種植柿子樹。） 【植える（種植）〈下一段〉】
会議が　終<ruby>わる<rt></rt></ruby>。 （會議會結束。） 【終わる（結束）〈五段〉】	部長は　会議を　終<ruby>える<rt></rt></ruby>。 （經理會結束會議。） 【終える（結束）〈下一段〉】
壁に　絵が　掛<ruby>かる<rt></rt></ruby>。 （牆壁會有畫掛著。） 【掛かる（掛）〈五段〉】	母は　壁に　絵を　掛<ruby>ける<rt></rt></ruby>。 （媽媽要把畫掛在牆上。） 【掛ける（掛）〈下一段〉】
本が　重<ruby>なる<rt></rt></ruby>。 （書本會疊著。） 【重なる（重疊）〈五段〉】	妹　は　本を　重<ruby>ねる<rt></rt></ruby>。 （妹妹會把書本疊在一起。） 【重ねる（疊）〈下一段〉】
予定が　変<ruby>わる<rt></rt></ruby>。 （預定事項會變更。） 【変わる（改變）〈五段〉】	課長は　予定を　変<ruby>える<rt></rt></ruby>。 （課長要改變預定事項。） 【変える（改變）〈下一段〉】
遠足は　来週に　決<ruby>まった<rt></rt></ruby>。 （遠足定於下週舉行。） 【決まる（決定）〈五段〉→ 　決まり+た→決まった（促音便）】	店員が　値段を　決<ruby>める<rt></rt></ruby>。 （店員要決定價錢。） 【決める（決定）〈下一段〉】
寒さが　だんだん　加<ruby>わ<rt></rt></ruby>る。 （寒氣越來越加重。） 【加わる（增加）〈五段〉】	彼は　スピードを　加<ruby>える<rt></rt></ruby>。 （他要加快速度。） 【加える（增加）〈下一段〉】

値段が 下がる。 （價錢會下降。） 【下がる（下降）〈五段〉】	私は 値段を 下げる。 （我要壓低價格。） 【下げる（拉下）〈下一段〉】
この 工事は 仕上がる。 （這工程會完成。） 【仕上がる（完成）〈五段〉】	工事を 仕上げる。 （要完成工程。） 【仕上げる（完成）〈下一段〉】
心が 静まる。 （心情會平靜。） 【静まる（變平靜）〈五段〉】	彼女は 気を 静める。 （她要讓心情平靜。） 【静める（使～平靜）〈下一段〉】
ドアが 閉まる。 （門會關閉。） 【閉まる（關閉）〈五段〉】	おばは ドアを 閉める。 （伯母要關門。） 【閉める（關閉）〈下一段〉】
実験器具が 備わる。 （實驗器具會準備完備。） 【備わる（備齊）〈五段〉】	部長は 実験器具を 備える。 （經理要備齊實驗器具。） 【備える（備齊）〈下一段〉】
空が 赤く 染まる。 （天空會染紅。） 【染まる（染）〈五段〉】	山崎は 布を 染める。 （山崎要染布。） 【染める（染）〈下一段〉】
不満の 声が 高まる。 （不滿的聲音會升高。） 【高まる（升高）〈五段〉】	彼は 声を 高める。 （他要拉高音量。） 【高める（拉高）〈下一段〉】
命が 助かる。 （命會得救。） 【助かる（得救）〈五段〉】	医者は 命を 助ける。 （醫生要救助人命。） 【助ける（救助）〈下一段〉】
彼は 政治に 携わる。 （他要從政。） 【携わる（從事）〈五段〉】	彼は 大金を 携える。 （他要攜帶巨款。） 【携える（攜帶）〈下一段〉】

金が 貯まる。 （金錢會儲存。） 【貯まる（儲存）〈五段〉】	彼女は 金を 貯める。 （她要存錢。） 【貯める（儲存）〈下一段〉】
噂が 伝わる。 （謠言會傳開來。） 【伝わる（傳達）〈五段〉】	噂を 伝える。 （散播謠言。） 【伝える（傳達）〈下一段〉】
息が 詰まる。 （氣會塞住。） 【詰まる（睹塞）〈五段〉】	私は 瓶に 水を 詰める。 （我要把水灌入瓶內。） 【詰める（裝入）〈下一段〉】
車が 止まる。 （車子會停住。） 【止まる（停止）〈五段〉】	おじは 車を 止める。 （叔叔要停車。） 【止める（停住）〈下一段〉】
旅人は 旅館に 泊まる。 （旅客要投宿旅館。） 【泊まる（投宿）〈五段〉】	祖母は 旅人を 泊める。 （婆婆要留宿旅客。） 【泊める（留宿）〈下一段〉】
道路工事が 始まる。 （道路工程會開始。） 【始まる（開始）〈五段〉】	彼らは 道路工事を 始める。 （他們要開始道路工程。） 【始める（開始）〈下一段〉】
伝染病が 広がる。 （傳染病會擴散。） 【広がる（散開）〈五段〉】	私は 両手を 広げる。 （我要張開雙手。） 【広げる（伸開）〈下一段〉】
皆の 意見が 纏まる。 （大家的意見會整合。） 【纏まる（整理）〈五段〉】	社長は 皆の 意見を 纏める。 （老闆會將大家的意見整合。） 【纏める（整理）〈下一段〉】
アパートが 見付かる。 （公寓會被找到。） 【見付かる（被發現：被找到） 〈五段〉】	彼女は アパートを 見付ける。 （她要找公寓。） 【見付ける（發現：找到） 〈下一段〉】

圖解N5文法一本通，絕對PASS

この　商売は　儲かる。 （這個買賣會賺錢。） 【儲かる（賺錢）〈五段〉】	品物を　売って　お金を 儲ける。 （把物品賣掉來賺錢。） 【儲ける（賺錢）〈下一段〉】

記憶竅門──規則 2

動詞原形（字典形）：「〜う段音」為「自動詞」，「〜え段音＋る」為「他動詞」，如下例：

〜う段（自動詞・五段）　　　　　　〜え段＋る（他動詞・下一段）

開く　　　　　　　　　　　　　　　開ける

※う段音：う、く、す、つ、ぬ、ふ、む、る

　え段音：え、け、せ、て、ね、へ、め、れ

實例

窓が　開く。 （窗戶會開。） 【開く（開）〈五段〉】	私は　窓を　開ける。 （我要開窗。） 【開ける（開）〈下一段〉】
手が　痛む。 （手會痛。） 【痛む（痛）〈五段〉】	手を　痛める。 （把手弄痛。） 【痛める（弄痛）〈下一段〉】
舟が　浮かぶ。 （會有船浮著。） 【浮かぶ（浮）〈五段〉】	私は　舟を　浮かべる。 （我要泛舟。） 【浮かべる（使〜浮起）〈下一段〉】
荷物が　片付く。 （行李會整理好。） 【片付く（整理）〈五段〉】	兄は　荷物を　片付ける。 （哥哥要整理行李。） 【片付ける（整理）〈下一段〉】

CD: 67

心が　傷付く。 （心裡受傷。） 【傷付く（受傷）〈五段〉】	心を　傷付ける。 （傷到心裡。） 【傷付ける（傷害）〈下一段〉】
道が　込む。 （道路塞車。） 【込む（塞住）〈五段〉】	私は　力を　込める。 （我會使勁力氣。） 【込める（放入）〈下一段〉】
船が　沈む。 （船會沈。） 【沈む（沈）〈五段〉】	彼は　船を　沈める。 （他要沈船。） 【沈める（使～下沈）〈下一段〉】
車が　進む。 （車子會前進。） 【進む（前進）〈五段〉】	あの　人は　車を　進める。 （他讓車子前進。） 【進める（使～向前）〈下一段〉】
商品が　揃う。 （商品會備齊。） 【揃う（備齊）〈五段〉】	店員は　商品を　揃える。 （店員將商品弄齊。） 【揃える（弄齊）〈下一段〉】
子供が　育つ。 （小孩成長。） 【育つ（成長）〈五段〉】	親は　子供を　育てる。 （父母親養育小孩。） 【育てる（養育）〈下一段〉】
私は　立つ。 （我要站起來。） 【立つ（站立）〈五段〉】	私は　柱を　立てる。 （我要豎立柱子。） 【立てる（豎立）〈下一段〉】
家が　建つ。 （房子會蓋起來。） 【建つ（建造）〈五段〉】	おじは　家を　建てる。 （叔父要蓋房子。） 【建てる（蓋房子）〈下一段〉】
大きさが　違う。 （大小不同。） 【違う（不同）〈五段〉】	約束の　時間を　違える。 （弄錯了約會時間。） 【違える（弄錯）〈下一段〉】

圖解N5文法　一本通，絕對PASS

CD: 67

電気が 付く。 （電燈會亮。） 【付く（點燈）〈五段〉】	妹は 電気を 付ける。 （妹妹要開燈。） 【付ける（點燈）〈下一段〉】
会議が 続く。 （會議會持續下去。） 【続く（持續）〈五段〉】	社長は 会議を 続ける。 （老闆會持續開會。） 【続ける（繼續）〈下一段〉】
小包みが 届く。 （包裹會送達。） 【届く（送達）〈五段〉】	弟 は 小包みを 届ける。 （弟弟要寄包裹。） 【届ける（送）〈下一段〉】
準備が 整う。 （準備會完備。） 【整う（完備）〈五段〉】	準備を 整える。 （做好準備。） 【整える（整頓）〈下一段〉】
椅子が 並ぶ。 （椅子會排列。） 【並ぶ（並排）〈五段〉】	彼は 椅子を 並べる。 （他要排椅子。） 【並べる（排列）〈下一段〉】
砂糖が 水に 入る。 （砂糖溶入水中。） 【入る（進入）〈五段〉】	姉は 水に 砂糖を 入れる。 （姊姊把砂糖放入水中。） 【入れる（放入）〈下一段〉】
計算が 間違う。 （計算會錯誤。） 【間違う（錯誤）〈五段〉】	私は 計算を 間違える。 （我會把計算弄錯。） 【間違える（弄錯）〈下一段〉】
雨が 止む。 （雨會停。） 【止む（停止）〈五段〉】	父は 酒を 止める。 （爸爸要戒酒。） 【止める（停止）〈下一段〉】
痛みが 和らぐ。 （疼痛會緩和。） 【和らぐ（緩和）〈五段〉】	医者は 痛みを 和らげる。 （醫生讓疼痛緩和。） 【和らげる（使～緩和）〈下一段〉】

113

記憶竅門——規則 3

動詞原形（字典形；以下皆爲五段動詞）：「～ う段音 」爲「自動詞」，「～ あ段音 +す」爲「他動詞」，如下例：

～ う段 （自動詞・五段）　　　　～ あ段 +す（他動詞・五段）

※う段：う、く、す、つ、ぬ、ふ、む、る
　あ段：あ、か、さ、た、な、は、ま、ら

實例

機械（きかい）が　動（うご）く。 （機械會動。） 【動く（動）〈五段〉】	作業員（さぎょういん）が　機械を　動（うご）かす。 （作業員讓機械轉動。） 【動かす（使～轉動）〈五段〉】
子供（こども）は　大（おお）きな　音（おと）に　驚（おどろ）く。 （小孩會被大的聲音嚇到。） 【驚く（驚嚇）〈五段〉】	広島（ひろしま）の　原爆（げんばく）は　世界（せかい）を　驚（おどろ）かした。 （廣島的原子彈爆炸震驚全世界。） 【驚かす（使～驚嚇）〈五段〉】
洗濯物（せんたくもの）が　乾（かわ）く。 （洗的衣物會乾。） 【乾く（變乾）〈五段〉】	母（はは）は　洗濯物を　乾（かわ）かす。 （媽媽會弄乾洗的衣物。） 【乾かす（弄乾）〈五段〉】
用事（ようじ）が　済（す）む。 （事情會辦完。） 【済む（完了）〈五段〉】	彼は　用事を　済（す）ます。 （他會做完事情。） 【済ます（做完）〈五段〉】
紙飛行機（かみひこうき）が　飛（と）ぶ。 （紙飛機會飛。） 【飛ぶ（飛）〈五段〉】	子供は　紙飛行機を　飛（と）ばす。 （小孩讓紙飛機飛翔。） 【飛ばす（使～飛翔）〈五段〉】

圖解N5文法一本通・絕對PASS

彼は 恋に 悩む。 （他會爲情所困。） 【悩む（煩擾）〈五段〉】	進学問題で 頭を 悩ます。 （因爲升學問題而傷腦筋。） 【悩ます（使煩惱）〈五段〉】
学問に 励む。 （勤勉向學。） 【励む（勉勵）〈五段〉】	監督は 選手を 励ます。 （教練會勉勵選手。） 【励ます（勉勵）〈五段〉】
風呂が 沸く。 （洗澡水會煮沸。） 【沸く（沸騰）〈五段〉】	姉は 風呂を 沸かす。 （姊姊會燒洗澡水。） 【沸かす（燒開）〈五段〉】

記憶竅門——規則 4

動詞原形（字典形）：「～る」爲「自動詞」，「～す」爲「他動詞」，如下例：

　　　　～る（自動詞）　　　　　　　～す（他動詞・五段）

實例

人の 影が 窓ガラスに 写る。 （人影會映照在窗戶玻璃上。） 【写る（映；照）〈五段〉】	社員は 書類を 写す。 （職員會抄寫文件。） 【写す（抄寫）〈五段〉】
田舎から 都会に 移る。 （從鄉下搬到都會區。） 【移る（遷移）〈五段〉】	私は 机を 移す。 （我要搬桌子。） 【移す（移轉）〈五段〉】
月の 光が 水に 映る。 （月光會映照在水中。） 【映る（映照）〈五段〉】	鏡に 顔を 映す。 （對鏡子照臉。） 【映す（照）〈五段〉】

CD:69

学生が　帰る。 （學生要回家。） 【帰る（回去）〈五段〉】	先生は　学生を　帰す。 （老師會讓學生回家。） 【帰す（讓～回去）〈五段〉】
貸した　金が　返る。 （借出去的錢會歸還。） 【返る（返回）〈五段〉】	私は　借りた　金を　返す。 （我要還掉借來的錢。） 【返す（歸還）〈五段〉】
大波で　船が　覆る。 （船會因大浪翻覆。） 【覆る（翻覆）〈五段〉】	大波が　船を　覆す。 （大浪會打翻船。） 【覆す（打翻）〈五段〉】
車が　通る。 （車子會通過。） 【通る（通過）〈五段〉】	警察は　車を　通す。 （警察會讓車子通過。） 【通す（使～通過）〈五段〉】
病気が　治る。 （病會治好。） 【治る（治癒）〈五段〉】	医者は　病気を　治す。 （醫生會治病。） 【治す（治）〈五段〉】
自転車の　故障が　直る。 （腳踏車的故障會修好。） 【直る（修理）〈五段〉】	私は　自転車を　直す。 （我要修腳踏車。） 【直す（修理）〈五段〉】
水は　水素と　酸素から　成る。 （水是由氫和氧形成的。） 【成る（變成）〈五段〉】	あの　人は　大事を　成す。 （他會成大事。） 【成す（做成）〈五段〉】
大雨で　川の　水が　濁る。 （會因大雨而河川的水變混濁。） 【濁る（變混濁）〈五段〉】	川の　水を　濁す。 （把河川的水弄濁。） 【濁す（弄混濁）〈五段〉】
食物が　残る。 （食物會剩下。） 【残る（殘留）〈五段〉】	彼は　食物を　残す。 （他會剩菜。） 【残す（留下）〈五段〉】

圖解N5文法一本通，絕對PASS

私は　湯に　<u>浸る</u>。 （我會泡湯。） 【浸る（浸泡）〈五段〉】	足を　湯に　<u>浸す</u>。 （把腳泡在熱水中。） 【浸す（浸泡）〈五段〉】
魚の　腹が　<u>翻る</u>。 （魚肚會翻過來。）（魚會死亡。） 【翻る（翻）〈五段〉】	魚が　白い　腹を　<u>翻す</u>。 （魚會翻白肚。）（魚會死亡。） 【翻す（使〜翻覆）〈五段〉】
寮に　<u>戻る</u>。 （要回宿舍。） 【戻る（返回）〈五段〉】	彼女は　金を　<u>戻す</u>。 （她會把錢放回。） 【戻す（放回）〈五段〉】
車が　<u>回る</u>。 （車子繞著跑。） 【回る（迴轉）〈五段〉】	車を　<u>回す</u>。 （把車迴轉。） 【回す（使〜迴轉）〈五段〉】
子が　<u>宿る</u>。 （懷孕。） 【宿る（寄宿；投宿）〈五段〉】	彼女が　子を　<u>宿す</u>。 （她會懷孕。） 【宿す（使〜寄宿）〈五段〉】
私は　橋を　<u>渡る</u>。 （我要過橋。） 【渡る（渡過）〈五段〉】 【を（助詞）：表示穿越】	彼に　お金を　<u>渡す</u>。 （把錢交給他。） 【渡す（交給）〈五段〉】

記憶竅門——規則5

動詞原形（字典形）：「〜れる」為「自動詞」，「〜らす」為「他動詞」，如下例：

〜<u>れる</u>（自動詞・下一段）　　〜<u>らす</u>（他動詞・五段）

實例

田畑が　<u>荒れる</u>。 （田地會荒蕪。） 【荒れる（變得失常）〈下一段〉】	嵐が　作物を　<u>荒らす</u>。 （暴風雨會弄壞農作物。） 【荒らす（使〜失常）〈五段〉】

117

時計が　5分間　遅れる。 （錶會慢5分鐘。） 【遅れる（變遲）〈下一段〉】	時計を　5分間　遅らす。 （讓錶走慢5分鐘。） 【遅らす（延遲）〈五段〉】
木が　枯れる。 （樹會枯萎。） 【枯れる（枯）〈下一段〉】	木を　枯らす。 （讓樹枯萎。） 【枯らす（使～枯萎）〈五段〉】
日が　暮れる。 （太陽要下山。） 【暮れる（天黑）〈下一段〉】	のんびりと　一生を 暮らす。 （要悠哉過一生。） 【暮らす（度過）〈五段〉】
髪が　垂れる。 （頭髮垂下。） 【垂れる（垂）〈下一段〉】	髪の　毛を　垂らす。 （要讓頭髮垂下。） 【垂らす（使～垂著）〈五段〉】
私は　早起きに　慣れる。 （我習慣早起。） 【慣れる（習慣）〈下一段〉】	新しい　靴に　足を 慣らす。 （讓腳適應新的鞋子。） 【慣らす（使～習慣）〈五段〉】
シャツが　濡れる。 （襯衫會弄濕。） 【濡れる（變濕）〈下一段〉】	シャツを　濡らす。 （將襯衫弄濕。） 【濡らす（弄濕）〈五段〉】
気が　紛れる。 （心情會紊亂。） 【紛れる（注意力分散）〈下一段〉】	小説を　読んで　気を 紛らす。 （讀小説解悶。） 【紛らす（排遣；消除）〈五段〉】
水が　漏れる。 （水會滴漏。） 【漏れる（漏）〈下一段〉】	水を　漏らす。 （讓水滴漏。） 【漏らす（使～泄漏）〈五段〉】

記憶竅門——規則 6

動詞原形（字典形）：「～れる」為「自動詞」，「～す」為「他動詞」，如下例：

～れる（自動詞・下一段）　　　　～す（他動詞・五段）

實例

まごころ　　　あらわ 真心が　表れる。 （誠心會表現出來。） 【表れる（表現）〈下一段〉】	真心を　表す。 （表現誠心。） 【表す（表現）〈五段〉】
くま　　やま　　あらわ 熊が　山に　現れる。 （熊會出現山裡。） 【現れる（出現）〈下一段〉】	さいのう 彼は　才能を　現す。 （他會表現才能。） 【現す（表現）〈五段〉】
つき　　くも　　かく 月が　雲に　隠れる。 （月亮會隱藏於雲中。） 【隠れる（隱藏）〈下一段〉】	はは　　かね 母は　金を　隠す。 （母親會把錢藏起來。） 【隠す（隱藏）〈五段〉】
くず ビルが　崩れる。 （大樓會崩塌。） 【崩れる（崩塌；變壞）〈下一段〉】	彼は　ビルを　崩す。 （他要折毀大樓。） 【崩す（拆毀；搞壞）〈五段〉】
いえ　　こわ 家が　壊れる。 （房子會毀壞。） 【壊れる（毀壞）〈下一段〉】	家を　壊す。 （要拆房子。） 【壊す（弄壞）〈五段〉】
き　　たお 木が　倒れる。 （樹會倒下。） 【倒れる（倒下）〈下一段〉】	木を　倒す。 （要砍倒樹。） 【倒す（弄倒）〈五段〉】
たまご　　つぶ 卵が　潰れる。 （蛋會破。） 【潰れる（弄壞；變壞）〈下一段〉】	卵を　潰す。 （把蛋弄破。） 【潰す（弄壞；壓壞）〈五段〉】
あせ　　なが 汗が　流れる。 （汗會流下。） 【流れる（流）〈下一段〉】	汗を　流す。 （流汗。） 【流す（使～流動）〈五段〉】

羊_{ひつじ} が 逃_{のが}れる。 （羊會逃走。） 【逃れる（逃走）〈下一段〉】	羊を 逃す。 （把羊放走。） 【逃す（使～逃走）〈五段〉】
戸_とが 外_{はず}れる。 （門會鬆脱。） 【外れる（鬆脱）〈下一段〉】	僕_{ぼく}は 眼鏡_{めがね}を 外す。 （我要拿下眼鏡。） 【外す（卸下）〈五段〉】
私は 故郷_{こきょう}を 離_{はな}れる。 （我要離開故鄉。） 【離れる（離開）〈下一段〉】	目_めを 離す。 （將目光移開。） 【離す（弄開）〈五段〉】
髪_{かみ}が 乱_{みだ}れる。 （頭髮會變亂。） 【乱れる（變亂）〈下一段〉】	彼女は 髪を 乱す。 （她會弄亂頭髮。） 【乱す（弄亂）〈五段〉】
服_{ふく}が 汚_{よご}れる。 （衣服會變髒。） 【汚れる（變髒）〈下一段〉】	あの 子は 服を 汚す。 （那孩子會把衣服弄髒。） 【汚す（弄髒）〈五段〉】

 記憶竅門 —— 規則 7

動詞原形（字典形）：「～ける」為「自動詞」，「～かす」為「他動詞」，如下例：

～<u>ける</u>（自動詞・下一段） | ～<u>かす</u>（他動詞・五段）

實例

夜_よが 明_あける。 （天會亮。） 【明ける（天亮） 〈下一段〉】	一夜_{いちや}を 明かす。 （熬一整夜。） 【明かす（過夜） 〈五段〉】
血管_{けっかん}が 透_すけて 見_みえる。 （血管透明可見。） 【透ける（透過）〈下一段〉】	ガラスを 透_すかして 見_みる。 （透過玻璃看。） 【透かす（透過）〈五段〉】

圖解N5文法一本通，絕對PASS

CD:72

氷が　溶ける。 （冰會溶化。） 【溶ける（溶化）〈下一段〉】	氷を　水に　溶かす。 （將冰溶入水中。） 【溶かす（使〜溶化）〈五段〉】
夜が　更ける。 （夜深。） 【更ける（夜深）〈下一段〉】	夜を　更かす。 （熬夜。） 【更かす（熬夜）〈五段〉】

記憶竅門 —— 規則 8

動詞原形（字典形）：「〜える」爲「自動詞」，「〜やす」爲「他動詞」，如下例：

〜える（自動詞・下一段）　　〜やす（他動詞・五段）

實例 　　

土地が　肥える。 （土地肥沃。） 【肥える（肥；肥沃） 〈下一段〉】	土地を　肥やす。 （把土地弄肥沃。） 【肥やす（使〜肥沃） 〈五段〉】
草が　生える。 （草會生。） 【生える（生）〈下一段〉】	草を　生やす。 （讓草生。） 【生やす（使〜生長）〈五段〉】
お湯が　冷える。 （熱水會冷卻。） 【冷える（變冷）〈下一段〉】	お湯を　冷やす。 （將熱水弄冷。） 【冷やす（弄冷）〈五段〉】
人が　増える。 （人數會增加。） 【増える（增加）〈下一段〉】	人を　増やす。 （要增加人數。） 【増やす（使增加）〈五段〉】
紙が　燃える。 （紙會燃燒。） 【燃える（燃燒）〈下一段〉】	紙を　燃やす。 （焚燒紙張。） 【燃やす（焚燒）〈五段〉】

121

記憶竅門 —— 規則 9

動詞原形（字典形）：「～ける」為「自動詞」，「～く」為「他動詞」，如下例：

～ける（自動詞・下一段）　　　　～く（他動詞・五段）

實例

～ける（自動詞・下一段）	～く（他動詞・五段）
人数（にんずう）が 欠（か）ける。 （人數不夠。） 【欠ける（缺乏）〈下一段〉】	注意（ちゅうい）を 欠（か）く。 （沒注意。） 【欠く（缺乏）〈五段〉】
花瓶（かびん）が 落（お）ちて、砕（くだ）けた。 （花瓶掉落後碎裂。） 【砕ける（碎裂）〈下一段〉】	彼は 花瓶を 砕（くだ）く。 （他會把花瓶打破。） 【砕く（弄破）〈五段〉】
地面（じめん）が 裂（さ）ける。 （地面裂開。） 【裂ける（裂）〈下一段〉】	布（ぬの）を 裂（さ）く。 （要將布撕裂。） 【裂く（弄裂）〈五段〉】
縄（なわ）が 解（と）ける。 （繩子會解開。） 【解ける（解開）〈下一段〉】	妹（いもうと）は 縄を 解（と）く。 （妹妹會解開繩子。） 【解く（解開）〈五段〉】
氷（こおり）が 溶（と）ける。 （冰會溶解。） 【溶ける（溶解）〈下一段〉】	氷を 水（みず）で 溶（と）く。 （用水把冰溶解。） 【溶く（使～溶解）〈五段〉】
歯（は）が 抜（ぬ）ける。 （牙齒掉了。） 【抜ける（脫落）〈下一段〉】	歯を 抜（ぬ）く。 （拔牙。） 【抜く（拔）〈五段〉】
パンが 焼（や）ける。 （麵包會烤好。） 【焼ける（烤）〈下一段〉】	私は パンを 焼（や）く。 （我要烤麵包。） 【焼く（燒烤）〈五段〉】

圖解N5文法一本通，絕對PASS

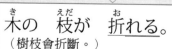記憶竅門——規則 10

動詞原形（字典形）：「～る」爲「自動詞」，「～らす」爲「他動詞」，如下例：

～る（自動詞・五段）	～らす（他動詞・五段）
實例	
花びらが　散る。 （花瓣會散落。） 【散る（散）〈五段〉】	花びらを　散らす。 （將花瓣弄散落。） 【散らす（使～散開）〈五段〉】
月が　照る。 （月光會照射。） 【照る（照射）〈五段〉】	月が　川を　照らす。 （月光照耀著河川。） 【照らす（照耀）〈五段〉】
電話が　鳴る。 （電話聲會響。） 【鳴る（鳴響）〈五段〉】	太鼓を　鳴らす。 （將大鼓敲響。） 【鳴らす（使～鳴響）〈五段〉】
腹が　減る。 （肚子會餓。） 【減る（減少）〈五段〉】	腹を　減らす。 （肚子餓。） 【減らす（減少）〈五段〉】

記憶竅門——規則 11

動詞原形（字典形）：「～れる」爲「自動詞」，「～る」爲「他動詞」，如下例：

～れる（自動詞・下一段）	～る（他動詞・五段）
實例	
木の　枝が　折れる。 （樹枝會折斷。） 【折れる（折斷）〈下一段〉】	木の　枝を　折る。 （將樹枝折斷。） 【折る（折斷）〈五段〉】

CD:73

糸が　切れる。 （線會斷。） 【切れる（斷掉）〈下一段〉】	母は　糸を　切る。 （媽媽將線剪斷。） 【切る（弄斷）〈五段〉】
袖口が　擦れる。 （袖口會磨損。） 【擦れる（磨損）〈下一段〉】	墨を　擦る。 （磨黑。） 【擦る（磨）〈五段〉】
ボタンが　取れる。 （鈕扣會掉落。） 【取れる（掉落）〈下一段〉】	コップを　取る。 （要拿杯子。） 【取る（取）〈五段〉】
袋が　破れる。 （袋子會破。） 【破れる（破）〈下一段〉】	私は　袋を　破る。 （我要把袋子弄破。） 【破る（弄破）〈五段〉】
皿が　割れる。 （盤子會破裂。） 【割れる（破裂）〈下一段〉】	赤ちゃんは　皿を　割る。 （嬰兒會把盤子弄破。） 【割る（弄破）〈五段〉】

圖解N5文法一本通・絕對PASS

自動詞・他動詞（同一形態）

目眩（めまい）が　する。 （覺得暈眩。） 【する（有～感覺）；發生】	損（そん）を　する。 （虧了。） 【する（做：弄）】
ドアが　閉（と）じる。 （門會關閉。） 【閉じる（關閉）〈上一段〉】	ドアを　閉じる。 （要關門。） 【同前】
花（はな）が　開（ひら）く。 （花會開。） 【開く（開）〈五段〉】	本（ほん）を　開く。 （要把書本打開。） 【開く（打開）〈五段〉】
風（かぜ）が　吹（ふ）く。 （風會吹。） 【吹く（吹）〈五段〉】	笛（ふえ）を　吹く。 （要吹笛子。） 【同前】
体（からだ）が　持（も）たない。 （身體支持不了。） 【持つ（維持）〈五段〉】	資料（しりょう）を　持つ。 （擁有資料。） 【持つ（持有）〈五段〉】

不規則自動詞・他動詞

CD: 74

記憶竅門

請多聽幾次日語錄音，將下列常用的「不規則自・他動詞」記牢。

自動詞 ⇩　　　　他動詞 ⇩

實例

自動詞	他動詞
祖父は　長く　生きる。 （祖父會滿長壽的。） 【生きる（生存）〈上一段〉】	彼は　才能を　生かす。 （他會活用才能。） 【生かす（活用）〈五段〉】
子供は　6時に　起きる。 （小孩會6點起床。） 【起きる（起床）〈上一段〉】	子供を　起こす。 （把小孩叫起來。） 【起こす（叫起來）〈五段〉】
財布が　落ちる。 （錢包會掉落。） 【落ちる（掉落）〈上一段〉】	財布を　落とす。 （會把錢包弄掉。） 【落とす（丟）〈五段〉】
台風の　被害は　日本全土に　及ぶ。 （颱風的災害會波及全日本。） 【及ぶ（波及）〈五段〉】	台風が　作物に　影響を　及ぼす。 （颱風會影響到農作物。） 【及ぼす（波及）〈五段〉】
乗客は　バスから　降りる。 （乘客會下公車。） 【降りる（下來）〈上一段〉】	国旗を　降ろす。 （要降國旗。） 【降ろす（降下）〈五段〉】
餅が　焦げる。 （年糕會烤焦。） 【焦げる（焦掉）〈下一段〉】	餅を　焦がす。 （會把年糕烤焦。） 【焦がす（烤焦）〈五段〉】
2階から　転ぶ。 （會從2樓翻滾下來。） 【転ぶ（翻滾）〈五段〉】	花瓶を　転がす。 （會把花瓶打翻。） 【転がす（弄翻）〈五段〉】

魚の 骨が 喉に 刺さった。 （魚骨刺到喉嚨。） 【刺さる（刺）〈五段〉→ 刺さり＋た → 刺さった（促音便）】	団子に 箸を 刺す。 （把筷子插入丸子裡。） 【刺す（插入）〈五段〉】
目が 覚める。 （會醒來。） 【覚める（睡醒）〈下一段〉】	物音で 目を 覚ます。 （因物體聲音而醒來。） 【覚ます（弄醒）〈五段〉】
粥が 冷める。 （粥會涼掉。） 【冷める（變涼）〈下一段〉】	粥を 冷ます。 （將粥弄涼。） 【冷ます（弄涼）〈五段〉】
10年の 年月が 過ぎる。 （10年的歲月會逝去。） 【過ぎる（經過）〈上一段〉】	時を 過ごす。 （度過時光。） 【過ごす（度過）〈五段〉】
お金は 足りる。 （錢會夠用。） 【足りる（足夠）〈上一段〉】	2に 3を 足す。 （將2與3加起來。） 【足す（加入）〈五段〉】
石が 積もる。 （石頭堆積。） 【積もる（累積）〈五段〉】	石を 積む。 （將石頭堆積。） 【積む（堆積）〈五段〉】
かぎが 無くなる。 （鑰匙會掉） 【無くなる（失去）〈五段〉】	かぎを 無くす。 （把鑰匙弄丟。） 【無くす（弄丟）〈五段〉】
寿命が 延びる。 （壽命會延長。） 【延びる（延長）〈上一段〉】	休み時間を 5分 延ばす。 （將休息時間延長5分鐘。） 【延ばす（延長）〈五段〉】
ひげが 伸びる。 （鬍子會長長。） 【伸びる（變長）〈上一段〉】	指を 伸ばす。 （將手指伸直。） 【伸ばす（伸展）〈五段〉】

CD:74

落石（らくせき）の ため、道（みち）が 塞（ふさ）がる。 （會因爲落石而道路堵塞。） 【塞がる（堵塞）〈五段〉】	落石が 道を 塞（ふさ）ぐ。 （落石會將道路堵塞。） 【塞ぐ（堵塞）〈五段〉】
敵（てき）が 滅（ほろ）びる。 （敵人會滅亡。） 【滅びる（滅亡）〈上一段〉】	敵を 滅（ほろ）ぼす。 （要消滅敵人。） 【滅ぼす（消滅）〈五段〉】
牛乳（ぎゅうにゅう）に 卵（たまご）が 混（ま）じる。 （牛奶中有蛋混入。） 【混じる（混合）〈五段〉】	卵と 牛乳を 混（ま）ぜる。 （將蛋和牛奶混合。） 【混ぜる（摻混）〈下一段〉】
会場（かいじょう）に 人（ひと）が 満（み）ちる。 （會場會擠滿人。） 【満ちる（充滿）〈上一段〉】	杯（さかずき）に 酒（さけ）を 満（み）たす。 （杯裡裝滿酒。） 【満たす（弄滿）〈五段〉】

圖解N5文法一本通，絕對PASS

三、形容詞（い形容詞）

1.形容詞―現在式肯定／否定

CD: 75

用法：此項用法表示「形容詞述語」

例句

1. <u>今日</u>は　<u>暑い</u>ですか。
（主語）　（述語）
（今天天氣熱嗎？）

　―いいえ、<u>暑く　ない</u>です。
（不，不熱。）

2. その　野菜は　新しいですか。
（那蔬菜新鮮嗎？）

　―いいえ、**新しく　ありません**。
（不，不新鮮。）

3. この　料理は　美味しい？
（這道菜好吃嗎？）

　―いいえ、**美味しくない**。
（不，不好吃。）

4. ここは　緑が　多い。
（這裡綠地滿多的。）

 注意

　1.形容詞是在形容主語的內容性質的語詞，形容詞的「字典形」多為
「一、兩個漢字（漢字中多可猜出字意）＋一、兩個假名（詞尾為

『い』）」所組成，例如：

寒_{さむ}い（冷的）　　　　　明_{あか}るい（明亮的）

高_{たか}い（高的）　　　　　安_{やす}い（便宜的）

忙_{いそが}しい（忙的）　　　楽_{たの}しい（快樂的）

悪_{わる}い（不好的）　　　速_{はや}い（快速的）

形容詞的「詞幹」不會有變化，只有「詞尾」（い）在變化，現以「—い」表示「形容詞原形（字典形）」，「—」爲「詞幹」，將其「語體、時式」列表公式如下：

時式 ＼ 語體	肯定		否定	
	常體 （普通形）	敬體 （禮貌形）	常體 （普通形）	敬體 （禮貌形）
現在式	—い	—いです	—くない	—くないです —くありません

現以「若_{わか}い（年輕的）」爲例，其詞幹是「若」，套入公式如下：

時式 ＼ 語體	肯定		否定	
	常體 （普通形）	敬體 （禮貌形）	常體 （普通形）	敬體 （禮貌形）
現在式	若い	若いです	若くない	若くないです 若くありません

2. 「そうです」「違_{ちが}います」只能用於回答「名詞」詢問句。不可使用於「形容詞」、「動詞」上，如：

⊙ 名詞

（○）A：長谷川_{は せ がわ}さんですか。

（是長谷川先生嗎？）

B：はい、そうです。／いいえ、違います。

　　　（是的，沒錯。／不，不是的。）

⊙形容詞

　　　A：英語は　難<ruby>難<rt>むずか</rt></ruby>しいですか。

　（×）B：はい、そうです。

→（○）はい、難しいです。

　（×）いいえ、違います。

→（○）いいえ、難しくないです。

⊙動詞

　　　A：酒を　飲みますか。

　　　（要喝酒嗎？）

　（×）B：はい、そうです。

→（○）はい、飲みます。

　（×）いいえ、違います。

→（○）いいえ、飲みません。

3.形容詞否定用法不可為：「～では　ない」或「～では　ありません」，如：

　（×）今日は　暑いでは　ない。

　（×）～　　　暑いでは　ありません。

4.在口語（熟人間）的詢問時不使用助詞「か」，而是將句尾的聲調拉高：

　（×）明日、忙しいか？

　（○）～　、忙しい（♪）？

　　　（明天，忙嗎？）

2.形容詞—過去式肯定／否定

用法：此項用法表示「形容詞述語（過去式）」

1.テストは　　難しかったです。
（主語）　　　　　（述語）
（考試是困難的。）
【難しい（困難的）】

2.旅行は　楽しかったですか。
（旅行愉快嗎？。）

　　　—いいえ、楽しくなかったです。
（不，玩得不愉快。）
【楽しい（快樂的）】

3.昨日、頭が　痛くありませんでした。
（昨天沒有頭痛。）
【痛い（痛的）】

4.映画は　面白かったですか。
（電影有趣嗎？）

　　—いいえ、面白くなかったです。
（不，不有趣。）
【面白い（有趣的）】

注意

1. 形容詞的詞幹不變，詞尾在變，現以「一」表示詞幹，將其語體、時式列表公式如下：

語體 / 時式	肯定		否定	
	常體（普通形）	敬體（禮貌形）	常體（普通形）	敬體（禮貌形）
現在式	一い	一いです	一くない	一くないです 一くありません
過去式	一かった	一かったです	一くなかった	一くなかったです 一くありません でした

現以「暑い（熱的）」為例，其詞幹為「暑」，套入公式如下：

語體 / 時式	肯定		否定	
	常體（普通形）	敬體（禮貌形）	常體（普通形）	敬體（禮貌形）
現在式	暑い	暑いです	暑くない	暑く　ないです 暑く　ありません
過去式	暑かった	暑かったです	暑くなかった	暑くなかったです 暑くありません でした

2. 形容詞過去式肯定 / 否定不可使用「～でした」「～では　ありませんでした」，如：

   （×）涼しいでした。

   （×）美味しいでは　ありませんでした。

3. 形容詞詞幹 く＋て

用法：表示對同一主語的内容做連續性的敘述

例句

1. ここは　明_{あか}るくて　大_{おお}きい。

（這裡既明亮又大。）

【明るい（明亮的）→ 明るく＋て】

2. その　パソコンは　薄_{うす}くて　軽_{かる}いです。

（那台筆記型電腦既薄又輕。）

【薄い（薄的）→ 薄く＋て】

3. あの　アパートは　広_{ひろ}くて　静_{しず}かです。

（那棟公寓既寬且安靜。）

【広い（寬廣的）→ 広く＋て】

4. 北_{ほっきょく}極の　冬_{ふゆ}は　長_{なが}くて　厳_{きび}しい。

（北極的冬天既長且嚴酷。）

【長い（長的）→ 長く＋て】

5. この　トイレは　古_{ふる}くて、狭_{せま}くて、暗_{くら}い。

（這間廁所既老舊又小，又暗。）

【古い（舊的）→ 古く＋て】

【狭い（狹小的）→ 狭く＋て】

注意

1. 將形容詞原形（字典形：「－い」轉變成 →「－く+て」（此項用法），例如：

　※若い（年輕的）→ 若く+て

　⊙彼女は　若くて　頭が　いい。

　　（她又年輕，頭腦又好。）

2. 此項用法也可連續使用兩次以上，如例句 5。

3. 此句型需用於「正面意義+正面意義」或「負面意義+負面意義」，如以下的例句。

　　（×）彼の　家は　狭くて　奇麗です。

　→（○）彼の　家は　狭いですが、奇麗です。

　　　　（他的家雖小，但是滿乾淨的。）

4.形容詞く+動詞

用法：以形容詞的「副詞形」來修飾其後的「動詞」。

例句

1.優しく　言います。
　　　(やさ)　(い)

　（和善地說。）

　【優しい（和善的）→ 優しく】

　【言う（說）〈五段〉→ 言い+ます】

2. 雨が　ひどく　降ります。
　　(あめ)　　　　　(ふ)

　（雨下得很大。）

　【ひどい（嚴重的）→ ひどく】

　【降る（下雨）〈五段〉→ 降り+ます】

3.遅く　なる。
　(おそ)

　（變遲到。）

　【遅い（晚的）→ 遅く】

　【なる（變成）〈五段〉】

4.花が　美しく　咲いて　います。
　(はな)　(うつく)　(さ)

　（花開得很美。）

　【美しい（美的）→ 美しく】

　【咲く（花開）〈五段〉→ 咲き+て → 咲いて（い音便）】

CD: 78

5.鳥が　速く　飛びます。

（鳥飛得快。）

【速い（快速的）→ 速く】

【飛ぶ（飛）〈五段〉→ 飛び+ます】

6.楽しく　遊びます。

（愉快地遊玩。）

【楽しい（快樂的）→ 楽しく】

【遊ぶ（遊玩）〈五段〉→ 遊び+ます】

7.豆腐を　小さく　切ります。

（將豆腐切小塊。）

【小さい（小的）→ 小さく】

【切る（切）〈五段〉→ 切り+ます】

 注意

形容詞原形（字典形：「－い」）→ 副詞形（－く），例如：

※強い（強的）→ 強く

⊙風が　強く　吹いて　います。

（風強烈地吹著。）

【吹く（吹）〈五段〉→ 吹き+て → 吹いて（い音便）】

四、形容動詞（な形容詞）・名詞

1.形容動詞・名詞—現在式肯定 / 否定

用法：此項用法表示「形容動詞・名詞」的述語

例句

1.東京は　賑やかです。
とうきょう　　にぎ

　　（主語）　　　　（述語）

　　（東京是熱鬧的。）

　　【賑やかだ（熱鬧的）〈形容動詞〉】

2.佐々木さんは　元気ですか。
さ さ き　　　　　げん き

　　（佐佐木小姐精神好嗎？）

　　—いいえ、元気では　ありません。

　　（不，她精神欠佳。）

　　【元気だ（有精神）〈形容動詞〉】

3.交通は　便利じゃ　ありません。
こうつう　　べん り

　　（交通不方便。）　　【「じゃ」（口語）＝「では」】

　　【便利だ（便利）〈形容動詞〉】

4.小川さんは　親切では　ないです。
お がわ　　　　しんせつ

　　（小川小姐為人不親切。）

　　【親切だ（親切的）〈形容動詞〉】

5.今日は　雨だ。
きょう　　あめ

　　（今天是下雨天。）

　　【雨（下雨天）〈名詞〉】

注意

1. 形容動詞（又稱「**な形容詞**」）和形容詞一樣，都在形容主語的內容性質或狀態，其「**詞幹**」（字典中以此形態出現）不會有變化，只有詞尾有變化，詞幹的類型有：

   ■「**和語**」型（日式讀音，即「訓讀」）：
   好き（喜歡）、静か（安靜）、下手（笨拙）……

   ■「**漢語**」型（漢語讀音，即「音讀」）：
   親切（親切）、簡単（簡單）、不自然（不自然）……

   ■「**外來語**」型（英文等外來的語言）：
   ハンサム【handsome】（英俊的）
   オープン【open】（開放的）……

   ■「**各詞語＋的**」型（有～性質、特徵）：
   個人的（個人的）、客観的（客觀的）

2. 此項用法的「語體、時式」（同「名詞」），整理列表公式如下：
   ※「—」：表示「形容動詞詞幹」或「名詞」

語體 時式	肯定		否定	
	常體 （普通形）	敬體 （禮貌形）	常體 （普通形）	敬體 （禮貌形）
現在式	—だ	—です	—では　ない	—では　ないです —では　ありません

現以形容動詞詞幹「**有名**（有名的）」與名詞「**雨**（下雨天）」為例，套入公式如下：

141

語體	肯定		否定	
時式	常體 （普通形）	敬體 （禮貌形）	常體 （普通形）	敬體 （禮貌形）
現在式	**有名**だ （雨）	**有名**です （雨）	**有名**では　ない （雨）	**有名**では　ないです （雨） **有名**では　ありません （雨）

5. 在口語對話的詢問時不說「だ」或「だか」，如下列：

（×）明日、暇だ？
（×）～　、暇だか？　→　（○）明日、暇？（↗）
（明天，有空嗎？）

（×）君の　部屋、ここだ？
（×）～　、ここだか？　→　（○）君の　部屋、ここ？（↗）
（你的房間，這裡嗎？）

2. 形容動詞・名詞—過去式肯定/否定

用法：此項用法表示「形容動詞（な形）・名詞述語」的
　　　過去式

例句

1.先週の　試験は　簡単でした。

（上週的考試滿簡單的。）

【簡単だ（簡單的）】

2.昔の　生活は　豊かでは　ありませんでした。

（以前的生活不富裕。）

【豊かだ（富裕的）】

3.あの　建物は　立派では　なかったです。

（那棟建築物以前並不豪華。）

【立派だ（豪華的）】

4.松本さんは　真面目だった。

（松本先生以前滿認眞的。）

【眞面目だ（認眞的）】

5.昨日は　雨でした。

（昨天是雨天。）

【雨（下雨天）〈名詞〉】

143

注意

形容動詞（**な**形容詞）的「詞幹」不會變，只有「詞尾」在變，現以「—」表示其「詞幹」或「名詞」，列表其「語體、時式（同名詞）」的公式如下：

語體 時式	肯定		否定	
	常體 （普通形）	敬體 （禮貌形）	常體 （普通形）	敬體 （禮貌形）
現在式	—だ	—です	—ではない	—ではないです —ではありません
過去式	—だった	—でした	—ではなかった	—ではなかったです —ではありません でした

現以形容動詞詞幹「好き（喜歡）」、名詞「雨（下雨天）」為例，套入公式如下：

語體 時式	肯定		否定	
	常體 （普通形）	敬體 （禮貌形）	常體 （普通形）	敬體 （禮貌形）
現在式	好きだ （雨）	好きです （雨）	好きではない （雨）	好きでは　ないです （雨） 好きでは　ありません （雨）
過去式	好きだった （雨）	好きでした （雨）	好きでは　なか （雨） 　　　　　った	好きでは　なかった （雨） 　　　　　です 好きではありません （雨） 　　　　　でした

圖解N5文法一本通，絕對PASS

3. 形容動詞詞幹・名詞+で

用法：表示對主語的內容做連續性的敘述

例句

1. この 公園は 静かで、 緑が 多い。

（這個公園既安靜，綠地又多。）

【静かだ（安靜）】

2. 山下さんは ハンサムで 親切です。

（山下先生長得英俊，人又親切。）

（ハンサムだ（英俊）【handsome】）

3. きのう パーティーは 賑やかで、 楽しかったです。

（昨天的宴會既熱鬧，又愉快。）

【賑やかだ（熱鬧）】

4. この アパートは 便利で、 安い。

（這公寓既方便，又便宜。）

【便利だ（便利）】

5. ヤンさんは 22才で、ドイツ人です。

（楊先生是 22 歲，德國人。）

注意

此項用法是以「形容動詞詞幹+で」（例句 1～4）或「名詞+で」（例句 5）來表示。

用法：以「副詞形」（形容動詞詞幹＋に）修飾其後的動詞

例句

1.静かに　歩きます。

（安靜地走路。）

【静かだ（安靜的）】

【歩く（走路）〈五段〉→ 歩き＋ます】

2.花が　綺麗に　咲きました。

（花開得美。）

【綺麗だ（美麗的）】

【咲く（花開）〈五段〉→ 咲き＋ました】

3.小山さんは　歌を　上手に　歌う。

（小山先生歌唱得不錯。）

【上手だ（高明的）】

【歌う（唱歌）〈五段〉】

4.体が　丈夫に　なった。

（身體變壯了。）

【丈夫だ（強壯的）】

【なる（變成）〈五段〉→ なり＋た → なった（促音便）】

圖解N5文法一本通・絕對PASS

CD: 83

用法：以形容動詞（ー な）修飾名詞

例句

1.これは　大切_{たいせつ}な　レポートです。

（這是重要的報告。）

【大切だ（重要的）】

2.あれは　新鮮_{しんせん}な　野菜_{やさい}です。

（那是新鮮的蔬菜。）

【新鮮だ（新鮮的）】

3.素敵_{すてき}な プレゼントを もらいました。

（收到不錯的禮物。）

【素敵だ（不錯的）】

4.秋_{あき}は　爽_{さわ}やかな　季節_{きせつ}です。

（秋天是涼爽的季節。）

【爽やかだ（涼爽的）】

 注意

形容動詞（な形容詞）是以「形容動詞詞幹+な」的形態來修飾「名詞」，如上述例句。

若是「名詞」，則以助詞「の」來修飾名詞，如下例：

雨の　日_ひ。（下雨天的日子）

147

五、副詞

「副詞」主要的功能在修飾或說明「動詞、形容詞、形容動詞」等的程度、狀態、特徵等，使其語意更清晰完整。常見的副詞類型如下：

⊙表示「程度」

1.時間_{じかん}が　**あまり**　ありません。

　（不太有時間。）

2.その　柿_{かき}は　**少_{すこ}し**　甘_{あま}い。

　（那個柿子有點甜。）

3.北極_{ほっきょく}の　冬_{ふゆ}は　**たいへん**　寒_{さむ}い。

　（北極的冬天非常冷。）

4.**ちょっと**　待_まって　下_{くだ}さい。

　（請稍候。）

　【待つ（等）〈五段〉→待ち+て→

　　待って（促音便）】

5.この　卵_{たまご}は　**とても**　美味_{おい}しい。

　（這個蛋很好吃。）

6.この　漫画_{まんが}は　**本当_{ほんとう}に**　面白_{おもしろ}かった。

　（這本漫畫真的很有趣。）

7.もっと　スペイン語が　上手に（じょうず）　なりたい。

（希望西班牙語能更熟練。）

⊙表示「時間、變化」

1.すぐ（に）　来て（き）　下さい。

（請立刻來。）

【来る（來）（く）→ 来（き）+て】

2.空が（そら）　だんだん　暗く（くら）　なる。

（天色漸漸變暗。）

【なる（變成）〈五段〉】

3.私は　まだ　眠くない（ねむ）。

（我還不想睡。）

4.もう　夜が（よ）　明けた（あ）。

（已經天亮了。）

【明ける（天亮）（あ）〈下一段〉→ 明け（あ）+た】

⊙表示「數量」

1.広場には（ひろ　ば）　大人が（おとな）　大勢（おおぜい）　います。

（廣場有很多大人。）

【いる（有）〈上一段〉→ い +ます】

2.ご飯は　少し（すこ）　下さい（くだ）。

（請給我一點飯。）

CD: 84

3.全部の　人が　反対です。

（全部的人都反對。）

4.木が　沢山　ある。

（有很多樹木。）

【ある（有）〈五段〉】

5.お酒は　ちょっと　飲んだ。

（有喝了一點酒。）

【飲む（喝）〈五段〉→ 飲み+た→ 飲んだ（ん音便）】

⊙表示「次數、頻率」

1.帰りが　いつも　遅い。

（經常晚歸。）

2.大抵　10 時に　寝る。

（大致 10 點就寝。）

【寝る（睡）〈下一段〉】

3.彼は　時々　ゴルフを　します。

（他有時打高爾夫球。）

【する（做；弄）→ し+ます】

4.初めて　雪を　見た。

（頭一次看到雪。）

【見る（看）〈上一段〉→ 見+た】

5.また 始まった。
（又開始了。）
【始まる（開始）〈五段〉→ 始まり+た → 始まった（促音便）】

6.もう 一度 言って 下さい。
（請再說一次。）
【言う（說）〈五段〉→ 言い+て → 言って（促音便）】

7.母は よく 買物に 行く。
（媽媽經常去購物。）

⊙表示「狀態」

1.今、ちょうど 12 時です。
（現在正好 12 點。）

2.この 道を まっすぐ 行きます。
（順此路直走。）
【行く（去）〈五段〉→ 行き+ます】

3.もっと ゆっくり 話して 下さい。
（請再說慢一點。）
【話す（說話）〈五段〉→ 話し+て】

六、接續詞

用法：「接續詞」主要的目的在連接前後兩句，使句子的意思流暢易懂，常見的有下例：

⊙表示「順接」：そして（而且）、それから（然後）

例句

1.地下鉄は　綺麗です。**そして、**
便利です。

（地鐵滿乾淨的。而且，挺便利的。）

2.岡田さんは　明るくて、真面目で、
そして　優しい　人です。

（岡田先生為人明朗、認真，而且滿體貼的。）

3.始めに　名前を　書いて、**それから**
質問の　答えを　書いて　下さい。

（首先，先寫下名字，然後再寫下問題的答
案。）

【書く（寫）〈五段〉→ 書き+て→
書いて（い音便）】

4.フランス語を　勉強した。**それから**　映画を　見た。

（讀了法文。然後看了電影。）

【見る（看）〈上一段〉→ 見+た】

⊙表示「逆接」：しかし（但是）、でも（但是）

例句

1.この　村は　静かで、美しいです。
　　しかし、あまり　便利では　ありません。
　　（這個村是既安靜又美觀。但是交通不太方便。）

2.旅行は　面白かったです。でも、疲れました。
　（旅行滿有趣的。可是滿累的。）
　【疲れる（疲勞）〈下一段〉→疲れ+ました】

⊙表示「轉換」：それでは（那麼）、では（那麼）

例句

1.みなさん、来ましたね。それでは、会議を　始めましょう。
　（大家都來了呀。那麼就開始開會吧！）
　【始める（開始）〈下一段〉→始め+ましょう】

2.A：仕事は　終わりました。
　　（工作都結束了。）

　B：では、晩ご飯を　食べに　行きましょう。
　　【=じゃ（口語）】（那麼，去吃晚飯吧！）
　　【終わる（結束）〈五段〉→終わり+ました】

七、指示詞
（こ、そ、あ、ど）

こ 近於「說話者」的 物體或事情	そ 近於「聽話者」的 物體或事情	あ 指出在說話者與聽 話者以外（或兩者 皆知）的物體或事 情	ど 表示「疑問」
これ （這個）	それ （那個）	あれ （那個）	どれ （哪個？）
ここ （這裡）	そこ （那裡）	あそこ （那裡）	どこ （哪裡？）
こちら （這裡；這方向； 這一位） 「こっち」：為口 語	そちら （那裡；那方向； 那一位） 「そっち」：為口 語	あちら （那裡；那方向； 那一位） 「あっち」：為口 語	どちら （哪裡；哪方向； 哪一位） 「どっち」：為口 語
この （這） ※後接名詞	その （那） ※後接名詞	あの （那） ※後接名詞	どの （哪） ※後接名詞
こんな （這樣的） ※後接名詞	そんな （那樣的） ※後接名詞	あんな （那樣的） ※後接名詞	どんな （怎樣的） ※後接名詞
こんなに （這樣地）	そんなに （那樣地）	あんなに （那樣地）	どんなに （怎樣地）
こう （這樣）	そう （那樣）	ああ （那樣）	どう （怎樣）

これ・それ・あれ・どれ

CD:86

用法：表示「物體」或「事情」的「指示代名詞」

1. <u>これ</u>は　何^{なん}ですか。
（這是什麼呢。）
　—<u>それ</u>は　ウイスキーです。
（那是威士忌酒。）

2. <u>あれ</u>は　男子寮^{だん し りょう}ですか、
女子寮^{じょ}ですか。
（那是男生宿舍呢？還是女生宿舍？）

3. 松井^{まつ い}さんの　車^{くるま}は　<u>どれ</u>ですか。
（松井先生的車子是哪一台？）

注意

此用法不可後接「名詞」：
（×）これ　本は　私のです。

161

ここ・そこ・あそこ・どこ

CD: 86

用法：表示「場所」的指示代名詞

例句

1.<u>ここ</u>は　<u>どこ</u>ですか。

（這裡是哪裡呢？）

2.<u>そこ</u>で　遊^{あそ}びましょう。

（在裡玩吧！）

【遊ぶ（遊玩）〈五段〉→ 遊び+ましょう】

3.<u>あそこ</u>に　座^{すわ}って　下^{くだ}さい。

（請坐在那裡。）

【座る（坐）〈五段〉→ 座り+て

→ 座って（促音便）】

4.清水^{しみず}さんは　<u>どこ</u>ですか。

（清水先生在哪裡呢？）

こちら・そちら・あちら・どちら

CD: 86

用法：表示「場所、方向、人物或事物」的指示代名詞

1. <u>こちら</u>は　大田さんです。
   おおた
   （這一位是大田先生。）

2. <u>そちら</u>は　50000 円です。
   えん
   【那一個是 5 萬（日幣）。】

3. お手洗いは　<u>あちら</u>ですか。
   て あら
   （洗手間在那邊嗎？）

4. お国は　<u>どちら</u>ですか。
   くに
   （您的國家是哪一個呢？）

注意

此組用法為「ここ・どこ・あそこ・どこ」的鄭重說法。

この・その・あの・どの

用法：此組必需後接「名詞」

例句

1.<u>この</u>　建物<small>たてもの</small>は　立派<small>りっぱ</small>です。
　　（這棟建築物滿豪華的。）

2.<u>その</u>　人<small>ひと</small>は　井上<small>いのうえ</small>さんです。
　　（那個人是井上先生。）

3.<u>あの</u>　店<small>みせ</small>は　有名<small>ゆうめい</small>です。
　　（那間店有名。）

4.<u>どの</u>　傘<small>かさ</small>が　あなたのですか。
　　（哪一支傘是你的呢？）

こんな・そんな・あんな・どんな

CD: 86

用法：此組必需後接「名詞」

例句

1. <u>こんな</u>　西瓜、珍しいね。

（這樣的西瓜，很罕見呀！）

2. <u>そんな</u>　考えでは　成功しない。

（那樣的想法是不會成功的。）

【成功する（成功）→ 成功し+ない】

3. <u>あんな</u>　人、大嫌い。

（那樣的人，很討厭。）

4. <u>どんな</u>　ご用ですか。

（有什麼事呢？）

こんなに・そんなに・あんなに・どんなに

用法：此組是以「副詞」來修飾其後的句子

例句

1. 人_{ひと}が　こんなに　多_{おお}い。

（人是這麼多。）

2. 水_{みず}は　そんなに　冷_{つめ}たくない。

（水沒那麼冷。）

3. あんなに　痩_やせた　人も　少_{すく}ない。

（那麼瘦的人少見。）

【痩せる（變瘦）〈下一段〉→ 痩せ+た】

4. どんなに　寒_{さむ}くても　0 度以下_{れいどいか}に　ならない。

（再怎麼冷，也不會在零度以下。）

こう・そう・ああ・どう

用法：此組是以「副詞」來修飾其後的句子

1.私は　こう　<ruby>思<rt>おも</rt></ruby>います。

（我是這樣想的。）

【<ruby>思<rt></rt></ruby>う（想）〈五段〉→ 思い+ます】

2.<ruby>値段<rt>ね だん</rt></ruby>は　そう　<ruby>安<rt>やす</rt></ruby>くない。

（價錢沒那麼便宜。）

3.ああ　いう　人は　<ruby>嫌<rt>きら</rt></ruby>い。

（那樣的人我討厭。）

4.<ruby>顔色<rt>かおいろ</rt></ruby>が　<ruby>悪<rt>わる</rt></ruby>いが、どう　したの。

（你臉色不好看，怎麼了？）

八、接尾詞

1.〜頃（ごろ）

CD: 87

用法：接尾詞「〜頃（ごろ）（大約〜左右）」：前接「年月日」或
「鐘點」，表示「大約的時間」

例句

1.祭（まつ）りは　何時（なんじ）ごろ　終（お）わりますか。

（廟會大約在幾點會結束呢？）

【終わる（結束）〈五段〉→終わり＋ます】

2.12時（じ）ごろ　出（で）ます。

（大約在 12 點左右會出去。）

【出る（出去）〈下一段〉→出＋ます】

3.9月（くがつ）ごろから　涼（すず）しく　なる。

（大約在 9 月以後會變涼。）

4.彼（かれ）は　2014年（ねん）ごろ　出国（しゅっこく）した。

（他在 2014 年左右出國的。）

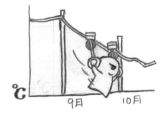

注意

1.表示「時間的數量」時不可使用，此時可用「ぐらい」，例如：

（×）8時間ごろ　働きました。

（○）8時間ぐらい　働きました。

（大約工作了 8 小時。）

2.「ごろ」只接在「時間名詞」之後，其後不必再加表示時間的助詞
「に」，如：

（×）9月ごろからに　涼しく　なる。

圖解N5文法一本通，絕對PASS

2.～中（じゅう／ちゅう）

用法：中（じゅう）：前接「時間、空間」的詞彙，表示「整
　　　　　　　　　　個、全部」之意。
　　　中（ちゅう）：1.某個動作正在進行中；2.某段期間
　　　　　　　　　　（～之内；～之中）

例句

1.昨日は　一日中　雨が　降った。
　（昨天一整天都在下雨。）
　【降る（下）〈五段〉→降り+た→降った（促音便）】

2. 南の　国は　一年中　暑い。
　（南方的國家一整年都滿熱的。）

3.仕事は　今日中に　終わる。
　（工作會在今天結束。）

4.午前中から　頭が　痛い。
　（從上午開始都覺得頭痛。）

171

他例

1. 常見的「～中（じゅう）」

家中（家中）　　　　教室中（教室中）　　学校中（學校中）

世界中（世界中）　　パート中（打工中）　部屋中（房間裡）

町中（在城鎮裡）　　店中（店裡）　　　　村中（村中）

一か月中（一個月中）　一年中（一年中）　今月中（本月中）

今週中（本週內）　　半年中（半年中）　　一晩中（一整晚）

年中（年中）

2. 常見的「～中（ちゅう）」

運転中（開車中）　　営業中（營業中）　　お話中（說話中）

会議中（會議中）　　検討中（檢討中）　　工事中（施工中）

仕事中（工作中）　　受験中（考試中）　　出張中（出差中）

食事中（用餐中）　　調査中（調查中）　　電話中（電話中）

病気中（生病中）　　勉強中（讀書中）　　休み中（休息中）

水中（水中）　　　　～月中（～月中）　　今月中（本月中）

圖解N5文法一本通，絕對PASS

3.～過ぎ / ～前

CD: 89

用法：兩者接於「時間」之後，表示該時間「之後」或「之前」

例句

1.9時過ぎに 彼女が 来た。

（過了9點，她來了。）

【来る（來）→ 来+た】

2.今、7時 10分過ぎです。

（現在，是7點過10分。）

3.8時 3分前に ホテルに 入った。

（7點57分進入旅館。）

【入る（進入）〈五段〉→ 入り+た→

入った（促音便）】

4.今、5時 15分前です。

（現在是4點45分。）

5.一年前に インドへ 行きました。

（一年前去了印度。）

【行く（去）〈五段〉→ 行き+ました】

4.〜たち・〜がた

用法：「〜達」：表示複數（〜們）。「〜方」：表示「人的敬稱」。「〜方」、「〜方々」：表示人的複數敬稱。

例句

1. 子供たちが　笑って　います。

　　（小孩們笑著。）

　　【笑う（笑）〈五段〉→笑い+て→

　　　笑って（促音便）】

2. 中山先生は　静かな　方です。

　　（中山老師是滿安靜的人。）

3. ここが　あなた方の　寝室です。

　　（這裡是您們的寢室。）

4. 皆様方には、いろいろ　お世話に　なりました。

　　（受到各位的照顧了。）

5. 素敵な　方々に　出会いました。

　　（遇到很不錯的諸位人士。）

　　【出会う（遇到）〈五段〉→出会い+ました】

圖解N5文法一本通，絕對PASS

九、句型

1.～間 ・ ～間に

CD: 91

用法：表示「在～時候」

記憶竅門

> 由漢字「～間 / ～之間」聯想其意。

例句

1.春の 間 、ずっと 沖縄に いた。

→ 請看注意

（在春天時，一直都待在沖繩。）

【居る（待）〈上一段〉→ 居 + た】

2. 両親が 旅を している間、

姉が 毎日 料理を 作った。

（在雙親旅行之時，姊姊每天都做菜。）

【作る（做）〈五段〉→ 作り + た

→ 作った（促音便）】

3.冬の 間に、引越したい。

→ 請看注意

（想在冬季時搬家。）

【引越す（搬家）〈五段〉→ 引越し + たい】

4.僕が いない 間に、誰か 来た？

（我不在時，有誰來了？）

【居る（在）〈上一段〉→ 居 + ない】

【来る（來）→ 来 + た】

圖解N5文法一本通，絕對PASS

注意

1. 「～間」：表示個「期間」，如下圖（例句 1）：

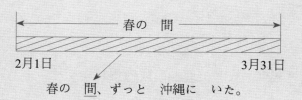

春の　間、ずっと　沖縄に　いた。

「～間に」：表示某個期間的「某一點」，如下圖（例句 3）：

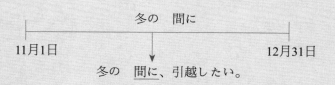

冬の　間に、引越したい。

2. 「～に（助詞）」：表示「時間」。

2.あげる・やる

用法：表示授與（送；給）

記憶竅門

以慣用語「（我爲人人）授與」口訣聯想其意。

例句

1.私達は 先輩に 果物を あげました。
（我們送給學長水果。）
【あげる（送）〈下一段〉→ あげ+ました】

2.祖父は 孫に おもちゃを やりました。
（祖父給孫子玩具。）
【やる（送）〈五段〉→ やり+ました】

3.私は 兎に 餌を やる。
（我餵兔子食物）。
【同上】

4.父は 毎日 花に 水を やって いる。
（爸爸每天都澆花。）
【やる（弄）〈五段〉→ やり+て → やって（促音便）】

圖解N5文法一本通，絕對PASS

注意

1. 此句型為：

A は（が）　　　B に　　　　　　を ┌ あげる。
（主語：給予者）　（接受者）　　　　　└ やる。

⊙「A」的地位低於「B」或是平輩時，使用「**あげる**」表示敬意（例句1）。

⊙「A」的地位高於「B」或「B」為「動植物」時，使用「**やる**」表示敬意（例句2、3、4）。

2.「B」（接受者）不可為「我（或我方等）」，「〜**てあげる・〜てやる**」的用法與此相同，如：

（○）酒井さんは　私に　金を　くれました。

（酒井先生給我錢。）

【くれる（給）〈下一段〉→くれ+ました】

（×）酒井さんは　私に　金を　あげました。

（×）酒井さんは　弟に　金を　あげました。

3. ～後（で）

CD: 93

用法：表示某個動作之後（～之後）

記憶竅門

可由漢字「～後」聯想其意為「在～之後」。

例句

1. 泳いだ 後（で）、体を 洗う。

（游泳過後，洗身體。）

【泳ぐ（游泳）〈五段〉→ 泳ぎ＋た→

泳いだ（以音便）】

2. バスを 降りた 後（で）、
忘れ物に 気が 付いた。

（下了公車後，才察覺東西忘了拿。）

【降りる（下車）〈下一段〉→ 降り＋た】

【気が 付く（察覺）】

3. 工場を 見学した 後（で）、
質問します。

（參觀完工廠之後，就問問題。）

【見学する（見習）→ 見学し＋た】

圖解N5文法一本通，絕對PASS

CD: 93

4.ジョギングの　後（で）、シャワーを　浴_あびる。

（慢跑後，就沖澡。）

【ジョギング（慢跑）〈jogging〉】

【浴びる（沖澡）〈上一段〉】

注意

1. 後句的動作即使不是過去的事情，也是以本句型來表示，如例句
   1：

   （×）泳ぐ　後で、〜。

2. 後句若表示「持續行為或狀態」時，不可加「で」，如：

   （○）祖父は　お酒_{さけ}を　飲_のんだ　後_ふ、ずっと　本_{ほん}を
   読_よんで　いる。

   （祖父喝酒後，一直在看書。）

   （×）祖父は　お酒を　飲んだ　後で、ずっと　本を
   読んで　いる。
   　　　　　　　　　　　　　　（×）

   （○）退院_{たいいん}した　後、ずっと　元気_{げんき}だ。
   （×）退院した　後で、ずっと　元気だ。
   　　　　　　　　　（×）

接続

動詞—た形（例句 1、2、3）
名詞+の（例句 4）　　　　　｝+ 後（で）

181

4. ～かも　しれない

CD: 94

用法：表示猜想（也許～）

例句

1. 彼女は　会社を　辞めるかも
   （しれない）。

   （她也許要辭職。）

   【辞める（辭職）〈下一段〉】

2. 山下さんは　来ないかも　しれません。

   （山下先生也許不來。）

   【来る（來）〈下一段〉→ 来+ない】

3. A「来週は　暇ですか。」

   （下週有空嗎？）

   B「暇かも　しれないし、忙しいかも
   しれないし、まだ　分からない。」

   （或許有空，或許忙碌，我還不清楚。）

   【し（助詞）：表示條件的並列】

4. コピー機は　故障かも　しれません。

   （影印機也許故障了。）

注意

> 1. 「しれない」爲「常體形態」，「しれせん」爲敬體形態。
> 2. 會話時，有時會將「しれない」省略，如例句 1。

图解N5文法一本通，絕對PASS

接續

名詞／【動詞・い形・な形】―普通形（常體）+かも（しれない）

※【な形】（形容動詞）的現在形「だ」不可加上，如：

（×）静かだかも　しれない
　　　　　(×)

5.くれる・下さる

用法：（別人）給【我（或我方）】

記憶竅門

> 由慣用語口訣「（人人爲我）送東西」聯想其意。

例句

1.兄は　私に　扇風機を　くれる。
（哥哥會給我電風扇。）

【くれる（給）〈下一段〉】

2.小山さんが　妹に　服を　くれました。
（小山先生送給妹妹衣服。）

【同上 → くれ+ました】

3.A「美味しい　お菓子ですね。」
　　（好好吃的糕點呀！）

　B「部長が　（私に）　下さいました。」
　　（經理給我的）

【下さる（給）〈五段〉→ 下さい+ました】

4.先生は　私達に　雑誌を　下さる。
（老師要給我們）

【同上】

注意

1. 此句型如下：

  ※授受動詞—「**あげる・やる**」「**本句型**」「**もうら・頂<ruby>頂<rt>いただ</rt></ruby>く**」的句
  型模式相同

$$\underline{A}\ は（が）\qquad \underline{B}\ に\qquad$$ $$を\begin{cases}くれる。\\下さる。\end{cases}$$

  （主語：給予者）　　（接受者）

  ⊙「A」的地位低於「B」或雙方是平輩熟人時，使用「**くれる**」
  （例句 1、2）

  ⊙「A」的地位高於「B」時，使用「**下さる**」（例句 3、4）

2. 「**下さる**」的命令形為「**下さい（給我）**」和「**ちょうだい**」（口
  語：多為女人與小孩使用）的意思相同，如：

  <ruby>金<rt>かね</rt></ruby>を　下さい。

  → 　金を　ちょうだい。

  （給我錢。）

3. 下列兩句是相同意思：

  <ruby>加藤<rt>かとう</rt></ruby>さんは　私に　シャツを　くれた。

  ＝私は　加藤さんに　シャツを　もらった。

  （加藤先生給我襯衫）【請參考—「もらう・頂く」的用法】

CD: 96

用法：表示能力（能；會；可以）

🔨記憶竅門

> 「事／事情」。「が」（助詞）：表示能力。「出来る」表示
> 「能；會；可以」之意。可由此聯想此句型之意爲「會～一事」

例句

1.ピアノを　弾く　ことが　出来る。

（會彈鋼琴。）

【弾く（彈）〈五段〉】

2.韓国語を　話す　ことが　できません。

（不會說韓國話。）

【話す（說）〈五段〉】

3.カードで　払う　ことが　できますか。

（可以刷卡付帳嗎？）

【払う（付錢）〈五段〉】

4.ここで　お金を　換える　ことが
できない。

（此處無法換錢。）

【換える（換）〈下一段〉】

圖解N5文法一本通，絕對PASS

注意

此項表示「能力」的句型有兩種意思：
1. 表示「技術上」或具有某種「能力」，如：例句 1、2。
2. 某種狀況、行動有實現的「可能性」，如：例句 3、4。

接續

動詞一字典形+ことが　できる

7.～たい

用法：表示 1、2 人稱【我（們）、你（們）】希望做某事
（想要做～）

例句

1.（私は）　水が　飲^のみたい。

   （我想喝水。）

   【飲む（喝）〈五段〉→飲み+たい】

2.何^{なに}を　食^たべたい　ですか。

   （你想吃什麼呢？）

   —何も　食^たべたくないです。

   （什怎都不想吃。）

   【食べる（吃）〈下一段〉→食べ+たい】

3.外国^{がいこく}で　働^{はたら}きたい。

   （想在外國工作。）

   【働く（工作）〈五段〉→働き+たい】

4.あなたは　何を　したいですか。

   （你想要做什麼？）

   —私は　帰国^{きこく}したいです。

   （我想回國。）

   【する（做）→し+たい】

   【帰国する（回國）→帰国し+たい】

注意

1. 此句型模式爲：

（主語は）　　**目的物を　～たい（です）**。
　　　　　　　　　　　　（述語）

2. 「たい」：爲「希望助動詞」，其詞尾變化與「形容詞」相同，其語體、時式舉例如下：

(1)私は　寝^ねたい。

（我想我睡覺。）（常體肯定句　現在式）

(2)私は　寝たいです。

（同上。）（敬體肯定句　現在式）

(3)私は　寝たくない。

（我不想睡覺。）（常體否定句　現在式）

(4)私は　寝たくないです。

（同上。）（敬體否定句　現在式）

(5)私は　寝たかった。

（我想睡覺。）（常體肯定句　過去式）

(6)私は　寝たかったです。

（同上。）（敬體肯定句　過去式）

(7)私は　寝たくなかった。

（我不想睡覺。）（常體否定句　過去式）

(8)私は　寝たくなかったです。

（同上。）（敬體否定句　過去式）

3. 此項用法中，當動詞爲他動詞時，受詞功能的「を」可改爲「が」，例如：

私は　寿司を　食べたい。
　　　　　　（が）

4. 【五段動詞（I 類動詞）＋たい】→不會發生「音便」。

5. 「〜たくない（です）」為「強烈否定」，表現方式太直接易造成
   失禮，應避免使用：

   　　　　A「いっしょに　お酒を　飲みませんか。」
   　　　　（要不要一起喝酒呢？）
   　　（×）B「飲みたくないです」
   　　（○）→「すみません。お酒は　ちょっと……。」
   　　　　（對不起。喝酒有點……）

6. 以「〜たいですか」詢問時易造成失禮，應避免對長輩使用：

   　　（×）先生、お酒、飲みたいですか。
   　　（○）先生、お酒、いかがですか。
   　　　　（老師，喝個酒，如何呢？）

接續

　動詞─ます形＋たい

8. 〜た　ことが　ある

用法：表示曾有過的經驗（曾經有〜）

記憶竅門

> 「〜た」（助動詞）：表示「做過」。再由漢字「事（こと） / 事情」
>
> 「有（あ）る / 有」聯想此句型之意爲「有做〜一事」

例句

1. 私は　アメリカへ　留学（りゅうがく）に　行（い）った　ことが　ある。
   （我有去美國留過學。）
   【行く（去）〈五段〉→ 行き＋た → 行った（音便的例外）】

2. 旅館（りょかん）に　泊（と）まった　ことが　ありません。
   （沒投宿過旅館。）
   【泊まる（夜宿）〈五段〉→ 泊まり＋た →
   　泊まった（促音便）】

3. まだ　一度（いちど）も　歌舞伎（かぶき）を　見（み）た
   ことが　ない。
   （還沒看過歌舞伎。）

4. 小杉（こすぎ）さんに　前（まえ）に　会（あ）った　ことがある。
   （以前曾見過小杉先生。）
   【会う（會面）〈五段〉→ 会い＋た → 会った（促音便）】

注意

1. 敘述特別的經驗，常與「昔 / 往昔」「前に / 先前」「今までに / 到目前為止」等詞搭配出現，如例句4。

2. 不用於表示「昨日」、「先週」、「先月」等時間距離現在很近的詞彙，如：

   （○）５年前に　アフリカへ　行った　ことが　ある。

   （×）昨日　アフリカへ　行った　ことが　ある。

3. 不可變成「～ことが　ありました / あった」，如：

   （×）私は　鹿の　肉を　食べた　ことが　あった。

4. 本句型是指「特別」的經歷，不使用於日常行為，如：

   （×）食事した　ことが　ある。

5. 本句型的「が」（助詞）：表示「曾有某種經驗」。動詞「ある（有）〈五段〉」→「ない（常體）・ありません（敬體）」（否定）。

接續

動詞─た形＋ことが　ある

9. 他動詞＋て　ある

用法：表示事物的狀態（由人為造成的）

 記憶竅門

由漢字「～て有る」聯想此句型之意為「某物有被～」

例句

1. 電気が　つけて　ある。

（燈開著。）

【つける（開）〈下一段〉→つけ＋て】

2. 棚に　花瓶が　飾って　ある。

（架上有花瓶裝飾著。）

【飾る（裝飾）〈五段〉→飾り＋て→飾って（促音便）】

3. 池の　周りに　木が　植えて　あります。

（池塘的四周有樹種在那裡。）

【植える（種）〈下一段〉→植え＋て】

【ある（有）〈五段〉→あり＋ます】

4. 台所に　お皿が　並べて　あります。

（廚房裡有盤子擺著。）

【並べる（排列）〈下一段〉→並べ＋て】

CD: 99

5. ジュースが 冷やして ある。

（果汁冰著。）

【冷やす（冰鎮）〈五段〉→ 冷やし+て】

6. レストランは もう 予約して

あります。

（西餐廳已經預約了。）

【予約する（予約）→ 予約し+て】

 注意

> 1. 本句型的模式為：
>
> **主語は（或が）　他動詞+て　ある。**
>
> （述語）
>
> 2. 本句型表示「場所」的助詞使用「**に**」，如例句 2、3、4。
>
> 3. 雖然本句型的動詞為「**他動詞**」，但是不可以使用「**を**」，如：
>
> （×）カーテンを　閉めて　あります。

接續

動詞－て形+ある

10.〜たり

CD: 100

用法：表示「分散性」的動作（或〜，或〜）

例句

1. 母_{はは}は　いつも　掃除_{そうじ}したり、
洗濯_{せんたく}したり　して　いる。

（媽媽經常打掃或是洗衣服。）

【掃除する（打掃）→掃除し+たり】

【洗濯する（洗濯）→洗濯し+たり】

2. 昔_{むかし}、魚_{さかな}を　とったり　釣りを
したり　した。

（以前，有時抓魚，有時釣魚。）

【とる（捕捉）〈五段〉→とり+たり→
とったり（促音便）】

【する（做：弄）→し+たり】

3. バスの　中_{なか}で　立_たったり、座_{すわ}ったり
しないで　下さい。

（請勿在公車內一下子站著，一下子坐著。）

【立つ（站）〈五段〉→立ち+たり→
立ったり（促音便）】

【座る（坐）〈五段〉→座り+たり→
座ったり（促音便）】

CD: 100

4.夜、映画を 見<u>たり</u> 町を
見物し<u>たり</u> します。

（晚上，或是看電影，或是逛街。）

【見る（看）〈上一段〉→ 見+たり】

【見物する（看東西）→ 見物し+たり】

 注意

1.此句型常見的模式爲「～たり、～たり（～たり）する」。

2.此句型不用於「有前後動作次序」的句子上：

（×）国へ 帰ったり、父の 料理を 食べたり
　　　したい。

（○）国へ 帰って、父の 料理を 食べたい。

（回國後，想吃爸爸做的菜。）

3.此項用法也可表達「相反的動作」反覆進行，如例句3。

接續

動詞―た形+り

196

11.～て　あげる
（やる）

用法：（為……）做～

記憶竅門

以口訣「（我為人人）服務」聯想其意為「我（或我方）為別人服務」

例句

1.お客様に お茶を 入れて あげます。
　（我為客人泡茶。）
　【入れる（放入）〈下一段〉→ 入れ+て】
　【あげる〈下一段〉→あげ+ます】

2.私達は　先輩に　道を　教えて　あげる。
　（我們告訴學長路的走法。）
　【教える（告訴）〈下一段〉→ 教え+て】

3.私は　娘に　文章を　読んで やります。
　（我要唸文章給女兒聽。）
　【読む（讀）〈五段〉→ 読み+て →
　読んで（ん音便）】

4.私は　犬に　骨を　買って　やった。
　（我買骨頭給狗吃。）
　【買う（買）〈五段〉→ 買い+て → 買って（促音便）】
　【やる〈五段〉→ やり+た → やった（促音便）】

197

注意

1. 此句型同「あげる・やる」，如下：

     A は（が）   B に   を ～て あげる。

 （主語；動作者）   （動作接受者）   ～て やる。

⊙「A」的地位低於「B」或是為平輩時，使用「～て　あげる」表
   示敬意（例句 1、2）

⊙「A」的地位高於「B」或「B」是「動植物」時，使用
   「～て　やる」（例句 3、4）

2. 「B」（動作接受者）不可為「我（或我方等）」，請參照
   「あげる・やる」的注意 2。

接續

動詞—て形+あげる・やる

圖解N5文法一本通，絕對PASS

12. ～てから

用法：表示某個動作完成之後（～之後）

1. 私は　歯を　磨いてから、顔を
洗います。

（我刷完牙後會洗臉。）

【磨く（刷）〈五段〉→ 磨き+て
　　→ 磨いて（い音便）】

【洗う（洗）〈五段〉→ 洗い+ます】

2. 仕事が　終わってから、飲みに
行く。

（工作完了後，去喝酒。）

【終わる（結束）〈五段〉→ 終わり+て
　　→ 終わって（促音便）】

3. 大学を　出てから、何を　しますか。

（大學畢業後，要做什麼？）

【出る（出來）〈下一段〉→ 出+て】

4. カナダに　来てから、もう　5年　経ちました。

（來加拿大後，已過了5年。）

【来る（來）→ 来+て】

【経つ（經過）〈五段〉→ 経ち+ました】

注意

1. 一個句子中，「～てから」不能使用兩次以上。
2. 「～てから」之後，會出現表示「動作的動詞」，如：

（○）みんなが　帰ってから、掃除しましょう。

（×）～、　　　　　　　　　　　ごみが　一杯だった。

接續

動詞―て形＋から

13. 〜て　下さい

用法：表示請求對方做某事（請〜）

記憶竅門

> 以慣用語「（人人爲我）服務」聯想此句型之意爲「請求對方爲我服務」

例句

1. 右へ　曲がって　　（下さい）。
   （請往右轉。）
   【曲がる（轉彎）〈五段〉→ 曲がり+て →
   曲がって（促音便）】

2. パスポートを　見せて　下さい。
   （請讓我看一下護照。）
   【見せる（讓〜看）〈下一段〉→ 見せ+て】

3. 急いで　下さい。
   （請快一點。）
   【急ぐ（加快）〈五段〉→ 急ぎ+て → 急いで
   （い音便）】

4. 砂糖を　取って　下さいませんか。
   （請拿一下砂糖。）
   【取る（拿）〈五段〉→ 取り+て
   　→ 取って（促音便）】

注意

1. 在口語中，「下さい」可以省略，如例句 1。
2. 此句型較直接，委婉的用法為「～て　下さいませんか」（能否請～），如例句 4。

 接續

動詞―て形＋下さい

14. ～て　くれる
（下さる）

用法：【別人為我（或我方）】做～

記憶竅門

> 以慣用語「（人人為我）服務」聯想此句型之意為「別人為我（或我
> 方）服務」

例句

1. 後輩は　私に　電車の　時間を
   調べて　くれる。

   （學弟為我查電車的時間。）

   【調べる（查）〈下一段〉→調べ+て】

2. 竹内さんが　石を　運んで　くれた。

   （竹内先生幫我搬石頭。）

   【運ぶ（搬）〈五段〉→ 運び+て→ 運んで
   （ん音便）】

3. 校長先生は　私達に　昔の　話を　して下さいました。

   （校長為我們講以前的事情。）

   【する（做：弄）→し+て】

4.社長が　私に　お金を　払って
　　　下さった。

（老闆爲我付錢。）

【払う（付錢）〈五段〉→ 払い+て
　→ 払って（促音便）】

 注意

> 1. 授受動詞【「〜て　あげる・〜て　やる」「本句型」「
> 　　〜て　頂く・〜て　もらう」】的句型模式相同。本句型如下：
> 　　　　A は（が）　　　B に　　……を　〜て　くれる。
> 　　　　　　　　　　　　　　　　　　　　〜て　下さる。
>
> ⊙「A」的地位低於「B」或雙方是平輩、熟人時，使用「
> 　〜て　くれる」（例句 1、2）
> ⊙「A」的地位高於「B」時，使用「〜て　下さる」（例句 3、
> 　4）
>
> 2.「〜て　ちょうだい」的意思同「〜て　下さい」，主要爲女性或
> 　小孩使用，如：
> 　　　　家へ　来て　ちょうだい。
> 　　　　（來我家吧。）

接續

動詞―て形+くれる
　　　　　（下さる）

圖解N5文法一本通，絕對°ASS

15. ～でしょう
（だろう）

用法：表示推測（～吧。）

1.明日は　晴れるでしょう。
（明天會放晴吧！）

2.山口さんは　たばこを　吸わないでしょう。
（山口先生大概不抽菸吧！）
【吸う（吸）〈五段〉→吸わ+ない】

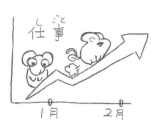

3. 来月は　忙しいだろう。
（下個月大概會很忙吧！）

4.午後は　たぶん　雨だろう。
（午後大概會下雨吧！）

5.そこは　賑やかでしょう。
（那裡滿熱鬧的吧！）

注意

「**だろう**」爲常體（普通形），「**でしょう**」爲敬體。皆表示說話者的主觀推測，不用於說話者的有計畫行爲，下列的其他句型也是如此：

（×）私は　来年　留学するでしょう。

（×）私は　来年　留学するだろうと　思う。

（想～）

（×）私は　来年　留学する　はずです。

（應該～）

（×）私は　来年　留学する　ようです。

（好像要～）

（×）私は　来年　留学する　らしい。

（好像～）

（○）私は　来年　留学すると　思う。

接續

名詞／【動詞・い形・な形】―普通形＋でしょう

（だろう）

※「な形」（形容動詞）的現在形「だ」不可使用：

（×）奇麗だだろう

（×）

16.～ては　いけない
（だめ）

用法：表示不可做某動作（不可～）

記憶竅門

> 「～ては」：表示「～的話」。由漢字「⟨行⟩ける」（⟨行⟩得通）
> （下一段）→「行け+ない」（行不通）→ 聯想此句型之意爲「～
> 的話，是行不通的」

例句

1.ここに　ゴミを　捨^すてては　いけない。

（不可把垃圾丟在這裡。）

【捨てる（丟棄）〈下一段〉→ 捨て+て】

2.たばこを　吸^すっては　だめ。

（不可吸菸。）

【吸う（吸）〈下一段〉→ 吸い+て
→ 吸って（促音便）】

3.女性^{じょせい}に　年齢^{ねんれい}を　聞^きいては　いけませんか。

（不能問女生年齡嗎？）

【聞く（問）〈五段〉→ 聞き+て→ 聞いて（い音便）】

【いける（行得通）〈下一段〉→いけ+ません】

CD: 106

4.ここで　魚を　釣っては　だめ。

（不可在此釣魚。）

【釣る（釣魚）〈五段〉→ 釣り+て

　→ 釣って（促音便）】

 注意

1. 表示禁止、規定。用於上輩對下輩的管教或是公共規則。

2. 口語用法中，「ては」會轉音成「ちゃ」，「では」會轉音成
　「じゃ」，如：

　(1)行っちゃ　だめ。
　　　　（ては）

　　（不可去。）

　(2)酒を　飲んじゃ、いけない。
　　　　　　（では）

　　（不可喝酒。）

3.「〜いけない」爲常體，「〜いけません」爲敬體。

接續

　動詞一て形+は　いけない
　　　　　　　　　（だめ）

17.～ても・～でも

用法：表示前後句出現違反常理的現象（即使）

例句

1.戦争が　来ても、恐れません。

（即使戰爭來了也不怕。）【来る（來）→来+ても】

【恐れる（恐懼）〈下一段〉→恐れ+ません】

2.眠くても、仕事を　しなければ

（なりません。）

（即使睏，也必需工作。）

【眠い（睏的）〈形容詞〉】

3.犬が　嫌いでも　飼う。

（即使討厭狗，卻還是飼養。）

【嫌い（討厭）〈形動〉】

【飼う（飼養）〈五段〉】

 注意

各種詞性與此句型的接續方式如下：

		（肯定）	（否定）
動詞	読む〈五段〉 ある〈五段〉	読んでも〈ん音便〉 あっても〈促音便〉	読まなくも（即使不讀） なくても（即使沒有）
形容詞 （い形容詞）	暑い いい	暑くても よくても（例外）	暑くなくても（即使不熱） よくなくても（即使不好）
形容動詞 （な形容詞）	元気	元気でも （雨）～	元気でなくても（即使沒精神） （雨）～　（即使沒下雨）
名詞	雨		

18.～ても　いい
（構<ruby>構<rt>かま</rt></ruby>わない）

用法：表示許可（即使～也可以）

記憶竅門

> 「ても（助詞）」：意思爲「即使」。「いい／構わない」：意思爲
> 「可以／無所謂。」以此聯想此句型之意爲「即使～，也無所謂。」

例句

1. お<ruby>金<rt>かね</rt></ruby>を　<ruby>借<rt>か</rt></ruby>り<u>ても</u>　いい（です）？

   （可以借錢嗎？）

   【借りる（借入）〈上一段〉→借り＋ても】

2. <ruby>何時<rt>なんじ</rt></ruby>に　なっ<u>ても</u>　いいから、<ruby>電話<rt>でんわ</rt></ruby>を　<ruby>下<rt>くだ</rt></ruby>さい。

   （幾點都沒關係，請給我電話。）

   【なる（變成）〈五段〉→なり＋ても→なっても（促音便）】

3. ここに　<ruby>座<rt>すわ</rt></ruby>っ<u>ても</u>　構わない。

   （可以坐在這裡。）

   【座る（坐）〈五段〉→座り＋て→座って（促音便）】

4. <ruby>披露宴<rt>ひろうえん</rt></ruby>の　<ruby>時間<rt>じかん</rt></ruby>に　<ruby>遅<rt>おく</rt></ruby>れ<u>ても</u>
   構いませんか。

   （參加喜宴遲到也無謂嗎？）

   【遅れる（遲到）〈下一段〉→遅れ＋ても】

注意

1. 此句型表示請求對方允許做某事使用。主語常被省略。
2. 「～ても　構わない」以「～ても　いい」客氣一些。
3. 此句型的相反用法為「～ては　いけない／だめ」，請參照。
4. 「構う（介意）〈五段〉」→「構わ+ない（常體否定）・
    構い+ません（敬體否定）」→ 不介意。

接續

動詞─て形+も　　いい
　　　　　　　（構わない）

19. ～て　もらう
（頂<ruby>頂<rt>いただ</rt></ruby>く）

用法：（我或我方）請求別人做某事（或得到別人的幫助）

🔨記憶竅門

> 以口訣「（我要別人）服務」聯想其意為「我（或我方）請求別人做某事」

📝例句

1. 私は　息子<rt>むすこ</rt>に　写真<rt>しゃしん</rt>を　撮<rt>と</rt>って　もらう。

   （我要兒子拍照。）

   【撮る（拍照）〈五段〉→ 撮り+て

   → 撮って（促音便）】

2. 私は　林<rt>はやし</rt>さんに　お金<rt>かね</rt>を　貸<rt>か</rt>して　もらいました。

   （我向林先生借了錢。）

   【貸す（借）〈五段〉→ 貸し+て】

   【もらう〈五段〉→ もらい+ました】

3. 私達は　課長<rt>かちょう</rt>に　駅<rt>えき</rt>まで　送<rt>おく</rt>って頂く。

   （我們要請課長送我們去車站。）

   【送る（送）〈五段〉→ 送り+て → 送って

   （促音便）】

4. 弟^{おとうと} は 先生^{せんせい}に 作文^{さくぶん}を 直^{なお}して 頂きました。

（弟弟請老師改作文。）

【直す（修改）〈五段〉 → 直し＋て】

【頂く〈五段〉 → 頂き＋ました】

 注意

1. 本句型同「**もらう・頂^{いただ}く**」，如下：

$$A は（が）\qquad B に \qquad ……を \begin{cases} ～て & もらう。\\ ～て & 頂く。\end{cases}$$

（主語；動作接受者） （動作授予者）

⊙ 「A」的地位高於「B」（或平輩、熟人）時，使用
「**～て もらう**」（例句 1、2 ）

⊙ 「A」的地位低於「B」時，爲了表示對「B」的動作尊敬，使用
「**～て 頂く**」（例句 3、4 ）

接續

動詞ー て形＋もらう

（頂く）

20.～と

用法：表示具備某個條件的話（如果～的話）

例句

1. 春_{はる}が　来_くると、暖_{あたた}かく　なる。
（春天來的話，天氣就會變暖和。）

2. ここを　押_おさないと、電気_{でんき}は
つきません。
（不按這裡的話，燈不會亮。）
【押す（按；押）〈五段〉→ 押さ＋ない】

3. 外国語_{がいこくご}が　上手_{じょうず}だと、色々_{いろいろ}な　仕事_{しごと}が　出来_{でき}ます。
（外語能力強的話，可以做許多工作。）
【上手だ（高明的）〈形動〉】

4. 天気_{てんき}が　いいと、星_{ほし}が　見_みえる。
（天氣好的話，可以看到星星。）

5. 雨_{あめ}だと、試合_{しあい}は　中止_{ちゅうし}に
なります。
（下雨則比賽中止。）
【雨（下雨天）〈名詞〉】

注意

此句型在表示「と」的前句具有某個條件的話，後句就會發生某種「現象」，所以後句不出現表示「意志、希望、命令、請求」等句子，此時可用「～たら」（～的話），如：

（○）暑かったら、窓を　開けて　下さい。
　　　　（如果熱的話，請開窗。）

（×）暑いと、～　開けて　下さい。（請求）
　　　　　　　　　　　（請～）

（×）～、～　開けましょう。（意志）
　　　　　　　　　（～吧）

（×）～、～　開ける　つもりです。（意圖）
　　　　　　　　　　（打算～）

（×）～、～　開けたい。（希望）
　　　　　　　　（想～）

（×）～、～　開ける　ことに　する。（決心）
　　　　　　　　　　（決定～）

（×）～、～　開けたら、どうですか。（提議）
　　　　　　　　　　（～的話）

（×）～、～　開けても　いい。（許可）
　　　　　　　　（可以～）

（×）～、～　開けなければ　なりません。（指示）
　　　　　　　　　　　（非～不可）

（×）～、～　開けた　方が　いい。（忠告）
　　　　　　　　　　（最好～）

 接續　　普通形（常體）—現在形＋と

用法：表示「當〜時候」（〜時候）

🔨記憶竅門

由漢字「〜時 ／ 〜時候」聯想其意

例句

1. 道を 渡る 時、車 に 気を 付ける。

（過馬路時，要注意車子。）

【渡る（橫越）〈五段〉】

2. 切符が 出ない 時、この ボタンを 押す。

（票無法出來時，要按這個鈕。）

【出る（出來）〈下一段〉→ 出+ない】

3. 朝、人に 会った 時、「お早よう」と 言う。

（早上見到人時，要說「早安」。）

【会う（遇到）〈五段〉→ 会い+た → 会った（促音便）】

4. 嬉しい、時も、寂しい 時も、よく この 音楽を 聞く。

（無論開心或寂寞時，常聽此音樂。）

5. 暇な とき、絵を 描く。

（有空的時候，會畫圖。）

6.地震の 時は すぐ 火を 消します。
（じしん）

（地震時，立刻熄火。）

🐟注意

> 「～時」的時態與後句無關，視當時的動作「是否已經發生」。即使是過去的時間，也有可能不是「過去時態」，例如：
>
> 昨日、寝る 時、窓を 閉めた。
> （きのう）（ね）（とき）（まど）（し）
>
> （昨天要睡覺時，關上了窗戶。）
>
> 又如例句 3 中的「会った（已見到）」表示「～時」的動作已經發生。

接續

普通形（常體）＋時

※但「形容動詞（な形）」―な＋時（例句 5）

　　「名詞」―の＋時（例句 6）

CD: 112

用法：表示否定（不～；沒～）

例句

1.眼鏡を　掛けないで、新聞を　読む。
　（沒戴眼鏡看報紙。）
　【掛ける（戴）〈下一段〉→ 掛け+ないで】

2.缶は　捨てないで、集めて　いる。
　（空罐不丟棄而是收集著。）
　【捨てる（捨棄）〈下一段〉→
　　捨て+ないで】

3.コーヒーは　砂糖を　入れないで、飲む。
　（咖啡不加砂糖來喝。）
　【入れる（放入）〈下一段〉→ 入れ+ないで】

4.新井さんは　仕事を　しないで、
　遊んで　います。
　（新井先生沒在工作而正在玩。）
　【する（做）→し+ないで】

接續

　動詞―ない形+で

218

23.～ないで　下さい

用法：請求對方不要做某種行為（請不要～）

記憶竅門

以慣用語「（人人爲我）服務」聯想此句型之意爲「請求對方爲我服務（不要做～）」。

例句

1.財布を　無くさないで　（下さい）。
（請不要弄掉了錢包。）

【無くす（弄丟）〈五段〉→ 無くさ+ない】

2.そこに　ごみを　置かないで　下さい。
（請不要將垃圾放在那裡。）

【置く（放置）〈五段〉→ 置か+ない】

3.心配しないで　下さい。
（請不要擔心。）

【心配する（擔心）→ 心配し+ない】

4.鉛筆を　使わないで、下さいませんか。
（能否請不要使用鉛筆，好嗎？）

【使う（使用）〈五段〉→ 使わ+ない】

注意

1. 在口語中，「下さい」會被省略，如例句1。
2. 此用法較直接，委婉的用法為「～て　下さいませんか。（能否請不要～）」，如例句4。
3. 此用法為「～て下さい。」的否定用法，請參照。

接續

動詞一ない形+で　下さい

24.〜ないと　いけない

CD: 114

用法：表示（不〜不行；必需〜）

記憶竅門

> 由前後句兩個「否定（**ない**）」變成「肯定」之意來聯想注意。

例句

1.早く　帰<u>らないと（いけない）</u>。

（不早點回家不行。）

【帰る（回家）〈五段〉→ 帰ら+ない】

2.靴を　脱<u>がないと、いけません</u>。

（不脱鞋不行。）

【脱ぐ（脱）〈五段〉→ 脱が+ない】

3.残業<u>しないと、（いけない）</u>。

（不加班不行。）

【残業する（加班）→ 残業し+ない】

注意

> 1. 由前後否定句「〜**ない**（否定）」、「**いけない**（不行：行不通）」肯定句來聯想其意。
> 2. 「**と**」（助詞）：表示「〜的話」。
> 3. 「**いけません**」為「**いけない**（口語中可省略）」的敬體形態（例句2）。

接續　動詞—ない形+と

25.〜ながら

用法：表示兩種動作同時進行（一邊〜）

例句

1.景色を 見ながら、散歩する。

（一邊看景色，一邊散步。）

【見る（看）〈上一段〉→ 見+ながら】

2. 働きながら、夜、大学で 勉強します。

（一邊工作，晚上，一邊在大學念書。）

【働く（工作）〈五段〉→ 働き+ながら】

3.アルバイトを しながら、
日本語学校に 通っていた。

（一邊打工，一邊在日語學校通學。）

【アルバイト（打工）〈德語Arbeit〉】

【通う（通學）〈五段〉→ 通い+て→ 通って（促音便）】

4.私は 音楽を 聞きながら、宿題を
します。

（我一邊聽音樂，一邊做習題。）

【聞く（聽）〈五段〉→ 聞き+ながら】

【する（做）→ し+ます】

注意

1. 本句型表示一個人同時進行「兩個動作」，動作的重點在「後句」。
2. 長時間行為的句子也可使用，如例句 2、3。
3. 「～たり」：是指兩種以上的動作「交替進行」，請參照。
   「～ながら」：是指兩種動作「同時進行」。

接續

動詞—ます形

26.～なくても　<u>いい</u>
（構わない）

用法：可以不做～（即使不～也可以）

記憶竅門

> 由「なく（否定）+ても（即使）」聯想。再由「いい」（好的）。
>
> 「構<ruby>構<rt>かま</rt></ruby>わない」（不介意）聯想此句型之意爲「即使不～，也可以」

例句

1.時間<ruby>時間<rt>じかん</rt></ruby>が　あるから、急<ruby>急<rt>いそ</rt></ruby>がなくても、いい。

（因爲尚有時間，所以不急也沒關係。）

【急ぐ（急著）〈五段〉→急が+なくても】

2.お金<ruby>金<rt>かね</rt></ruby>を　払<ruby>払<rt>はら</rt></ruby>わなくても、構<ruby>構<rt>かま</rt></ruby>わない。

（可以不用付錢。）

【払う（付錢）〈五段〉→払わ+なくても】

無料（free）

3.上着<ruby>上着<rt>うわぎ</rt></ruby>を　脱<ruby>脱<rt>ぬが</rt></ruby>がなくても　いいです。

（可以不用脱上衣。）

【脱ぐ（脱）〈五段〉→脱が+なくても】

4.ネクタイを　しなくても、構いません。

（可以不打領帶。）

【する（做；弄）→し+なくても】

注意

1. 「**構う／**介意〈五段〉」→「**構わ+ない**（常體否定）」→「**構い+ません**（敬體否定）」（不介意）
2. 「**～なくても　構いません**」是「**～なくても　いいです**」的客氣說法。
3. 此句型的肯定句型為「**～ても　<u>いい</u>／構わない**」，請參照。

接續

動詞—ない形+なくても

27. ～なければ　ならない / いけない・
　　～なくてはならない / いけない

CD: 117

用法：表示（不～，不行）→（一定要～）

 記憶竅門

> 由前後句兩個「否定」（→ 注意）變成「肯定」（一定要）來聯想其意。

例句

1. お金を　返さなければ　（ならない）。
   （非還錢不可。）
   【返す（還）〈五段〉→返さ+なければ】

2. 単語を　覚えなければ　いけない。
   （非記單字不可）
   【覚える（記住）〈下一段〉
   　→覚え+なければ】

3. 宿題を　出さなくては　ならない。
   （非交習題不可。）
   【出す（交）〈五段〉→出さ+なくては】

4. 来週　出張しなくては　いけない。
   （下週非出差不可。）
   【出張する（出差）→出張し+なくては】

5.残業を　しなければ　なりません。
（ざんぎょう）

（非加班不可。）

【する（做；弄）→し+なければ】

注意

> 1. 這兩個句型同義，都是前後兩個「否定句」（不～）變成「肯定」
>   （一定要～：必需～）：
>   　～なければ（不～的話）　ならない（不成）
>   　～なくては（不～的話）　いけない（不成）
> 2.「ならない」：為常體（普通形），「なりません」：為敬體
>   （禮貌形）（不成）。
>   「いけない」：為常體，「いけません」：為敬體（不可）。
> 3. 在口語中，「なければ」會轉音成「なけりゃ」→「なきゃ」，
>   「ては」會轉音成「ちゃ」，如：
>   ※薬を　飲まなければ（ならない）
>   →薬を　飲まなけりゃ
>   →薬を　飲まなきゃ
>   　　（非喝藥不可。）
>   　　【飲む（喝）〈五段〉→飲ま】
>   ※寮へ　戻らなくては（いけない）
>   →寮へ　戻らなくちゃ
> 4. 口語中，「ならない」、「いけない」會被省略不說。

接續

動詞―ない形+なければ・なくては

28.～に　主語が　いる（ある）

用法：表示「主語」的存在

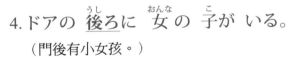

1.木の　上に　男の　子が　います。
（樹上有小男孩。）
【居る（有）〈上一段〉→居+ます】

2.椅子の　下に　犬が　いる。
（椅子下有狗。）

3.パン屋の　前に　車が　あります。
（麵包店前面有車子。）
【有る（有）〈五段〉→有り+ます】

4.ドアの　後ろに　女の　子が　いる。
（門後有小女孩。）

5.冷蔵庫の　中に　果物が　ある。
（冰箱裡有水果。）

6.自転車は　家の　外に　あります。
（腳踏車在家的外面。）

CD: 118

7.銀行は　デパートと　郵便局の　間に　ある。

（銀行在百貨公司與郵局之間。）

8.トイレは　事務所の　左です。

（廁所在辦公室的左邊。）

9.スーパーは　花屋の　右です。

（超市在花店的右邊。）

10.レストランは　会社の　隣に
あります。

（西餐廳在公司的隔壁。）

11.駅の　近くに　公園が　ある。

（車站的附近有公園。）

注意

此項用法常見的句型爲：

⊙場所に　主語が　居る。（生物）

（有る）（非生物）

⊙主語は　場所に　いる。

（ある）

※「に」（助詞）：表示場所

29.〜ので

用法：表示原因（因為〜）

例句

1. バスが 遅れた<u>ので</u>、学校に 遅刻した。
   （因為公車來遲，所以上學遲到了。）
   【遅れる（遲到）〈下一段〉→ 遅れ+た】
   【遅刻する（遲到）→ 遅刻し+た】

2. 体の 調子が 悪い<u>ので</u>、
   病院へ 行く。
   （因為身體不舒服，所以要去醫院。）
   【悪い（不好的）〈形〉】

3. この 箱は 邪魔な<u>ので</u>、片付ける。
   （這行李礙眼，所以要整理。）
   【邪魔だ（礙眼）〈形動〉】

4. 休みな<u>ので</u>、家で 休む。
   （因為休假，所以在家裡休息。）

 注意

表示原因的「〜ので」是比「〜から」更加委婉禮貌的說法。

接續

【動詞・い形・な形】—名詞修飾形
【名詞】＋な（例句4）　　　＋ので

30. 〜前に

用法：表示做某動作之前（〜之前）

 記憶竅門

由漢字「〜前に／〜之前」聯想其意。

例句

1. 入国する 前に、荷物を 検査します。

（入境以前先檢查行李。）

【入国する（入境）】

2. 昨日、学校に 行く 前に、歯医者に 行った。

（昨天去學校前，先去看牙齒。）

【行く（去）〈五段〉→ 行き+た → 行った（音便的例外）】

3. 会議の 前に、資料 をコピーします。

（開會前，先影印資料。）

【コピーする（影印）→コピーし+ます】

4. 2年前に 結婚した。

（兩年前結婚的。）

【結婚する（結婚）→ 結婚し+た】

 注意

即使是過去的事情，「〜前に」前接的動詞仍是「字典形」，如例句
2：

（×）昨日、学校へ 行った前に、〜。

231

接續

　　動詞—字典形（辞書形）＋前に（例句 1、2）

　　名詞＋の＋前に（例句 3）

　　時間名詞＋前に（例句 4）

 圖解N5文法一本通，絕對PASS

31. ～ましょうか

用法：表示勸誘對方做某事（～吧）

1. 暗<ruby>く<rt>ら</rt></ruby>いですね。電気<ruby>でんき<rt></rt></ruby>を 付<ruby>つ<rt></rt></ruby>けましょうか。

（好暗啊！開燈吧！）

【付ける（開燈）〈下一段〉→付け+ましょう】

2. A「手伝<ruby>てつだ<rt></rt></ruby>いましょうか。」

（我來幫忙吧！）

【手伝う（幫忙）〈五段〉→手伝い+ましょう】

B「いいえ、けっこうです。」

（不，不用了。）

3. さあ、会議<ruby>かいぎ<rt></rt></ruby>を 始<ruby>はじ<rt></rt></ruby>めましょう。

（那麼開會吧！）

【始める（開始）〈下一段〉→始め+ましょう】

4. もう 3時<ruby>じ<rt></rt></ruby>ですね。お茶<ruby>ちゃ<rt></rt></ruby>に しましょうか。

（已經是3點了，喝茶吧！）

【する（做：弄）→し+ましょう】

【に（助詞）：表示「決定」】

233

注意

1. 「～ましょう」：表示積極的勸誘。「～ませんか」：表示「委
   婉」的勸誘。請參考下回。
2. 「か」（助詞）：表示勸誘的語氣。

32.〜ませんか

用法：表示委婉勸誘對方做某動作（要不要〜呢！）

例句

1. A「いっしょに　お茶を
　　　飲みませんか。」

（要不要一起喝茶呢？）

　 B「ええ、飲みましょう。」

（好，一起喝吧！）

【飲む（喝）〈五段〉→ 飲み＋ません】

2. 日光へ　行きませんか。

（要不要去日光呢？）【行く（去）〈五段〉→ 行き＋ません】

3. A「今晩　いっしょに　映画を
　　　見ませんか。」

（今晚要不要一起去看電影呢？）

　 B「ええ、いいですね！」

（嗯，好啊！）

【見る（看）〈上一段〉→ 見＋ません】

4. テニスを　しませんか。

（要不要打網球呢？）【する（做：弄）→ し＋ません】

 注意

　此句型語氣較委婉，不可和「〜ましょうか」（語氣較積極）互換。

接續　動詞―ます形

33.名詞＋が　できる

用法：表示能力（能；會；可以）

🔧 記憶竅門

> 「**が**」（助詞）：表示「能力」。「**出来る**」表示「能；會；可
> 以」之意。由此聯想此句型之意爲「會～」。

例句

1.バイオリンが　出来る。

（會拉小提琴。）

2.青木さんは　運転が　できます。

（青木先生會開車。）

【出来る（能；會；可以）〈上一段〉→ 出来＋ます】

3.池田さんは　ダンスが　できません。

（池田先生不會跳舞。）

4.私は　水泳が　出来ない。

（我不會游泳。）

【出来る（能；會）〈上一段〉→ 出来＋ない】

👁 注意

> 1.「**が**」（助詞）：表示「能力」。
> 2.此項用法尚有「完成」、「產生」等意思，如：

(1)友達が　できた。

（交到了朋友。）

(2)パン屋の　隣に　スーパーが　できます。

（麵包店的隔壁會蓋超市。）

(3)写真は　いつ　できますか

（照片何時會弄好。）

(4)あの　夫婦は　子供が　できました。

（那對夫婦有小孩了。）

3. 此項用法的名詞除了具「動作性」的名詞，如「ゴルフ」（高爾夫球）、「スキー」（滑雪）、「テニス」（網球）、「釣り」（釣魚）等，尚可換成「技能性」的名詞，如：「ドイツ語」（德語）、「ホテルの　予約」（旅館的預約）、「テレビの　修理」（修電視）等。

CD: 124

用法：表示（想要～）

 記憶竅門

「が」（助詞）：表示慾望的內容。「欲しい」（形容詞）：表示「想要的」。由此聯想此句型之意爲「想要～」。

例句

1. 何が　一番　欲しい？

（最想要什麼呢？）

2. （私は）　家が　欲しいです。

（我想要房子。）

3. 時計が　欲しいですか。

（想要手錶嗎？）

―いいえ、時計は　欲しくないです。

（不，不想要。）

4. 友達が　欲しいですか。

（想要朋友嗎？）

―いいえ、欲しくありません。

（不，不想要。）

圖解N5文法一本通，絕對PASS

注意

1. 此句型模式爲：

（主語は）　　名詞が　　欲しい

（述　語）

2. 「**欲しい**」爲「形容詞」，其語體、時式同形容詞，如下：

語體 時式	肯定		否定	
	常體（普通形）	敬體（禮貌形）	常體（普通形）	敬體（禮貌形）
現在式	欲しい	欲しいです	欲しくない	欲しくないです 欲しくありません
過去式	欲しかった	欲しかったです	欲しくなかった	欲しくなかったです 欲しくありませんでした

3. 「**欲しくない（です）**」是「強烈否定」，表達方式太直接易造成失禮，應避免使用：

A「水、飲みますか。」

（要喝水嗎？）

（×）B「いいえ、欲しくないです。」→

（○）　「いいえ、けっこうです。」（不，不用了。）

4. 以「**～が　欲しいですか**」來詢問時易造成失禮，應避免使用：

（×）先生、コーヒー　欲しいですか。

（○）先生、コーヒー　いかがですか。

（老師，要不要喝咖啡？）

用法：以「修飾句」（畫線部分）的方式修飾其後的「名詞」

例句

1.それは　<u>子供が　読む</u>　本です。

（那是小孩讀的書。）

2.<u>旅行に　行かない</u>　人は　吉田さんです。

（不去旅行的人是吉田先生。）

【行く（去）（五段）→行か+ない】

3.<u>黒い　スーツを　着て　いる</u>　人は

中山さんです。

（穿著黑色套裝的人是中山先生。）

【スーツ（西裝套裝）】

【着る（穿）〈上一段〉→着+て】

4.中村さんは　<u>あの　眼鏡を　かけて</u>

<u>いる</u>　人です。

（中村先生是那個戴著眼鏡的人。）

【かける（戴）〈下一段〉→かけ+て】

5.私は　<u>都会から　近い</u>　家が　欲しい。

（我想要離都會近一點的房子。）

注意

1. 此用法是以「**修飾句**」（畫線部分）修飾其後的「名詞」，如下例：

※<u>日本酒を　飲んでいる</u>　人は　　誰ですか。
　　（修飾句）　→　　（名詞主語）　　（述語）
　（在喝日本酒的人是誰？）

※それは　<u>私が　撮った</u>　写真です。
　（主語）　　（修飾句）→　　（名詞述語）
　（那是我拍的相片。）

2. 修飾句中若有「主語」時，則此主語之後的助詞用「**が**」（例句1）。

3. 修飾句中的各種詞性（動詞等）使用「常體（普通形）」。

36.「名詞」を　下さい

CD: 126

用法：表示（請給我～）

記憶竅門

以慣用語「（人人爲我）服務」聯想此句型之意爲「別人爲我服務」

例句

1.切符を　二枚　下さい。
（請給我兩張票。）

2.夜、うちに　電話を　下さい。
（晚上，請打電話給我。）

3.すみませんが、塩を　下さい。
（對不起，請拿鹽巴給我。）

4.今日中に　お返事を　下さいません
か。
（能否在今天給我回覆呢？）

注意

此句型用法較直接，委婉的用法可使用「～を　下さいませんか」，
如例句4。

242

37. 目的＋に

用法：表示為某種動作目的而～

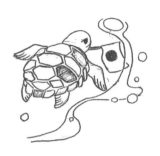

1.日本へ　何を　しに　行く？
（去日本要做什麼？）

【する（做：弄）→し＋に】

【行く（去）〈五段〉】

2.国へ　恋人に　会いに　帰りました。

（回國是爲了見情人。）

【会う（會面）〈五段〉→ 会い＋に】

【帰る（回家）〈五段〉→ 帰り＋ました】

3.喫茶店に　コーヒーを　飲みに　入る。

（爲了喝咖啡而進入咖啡廳。）

【飲む（喝酒）〈五段〉→ 飲み＋に】

【入る（進入）〈五段〉】

4.フランスへ　料理を　習いに　行った。

（去法國是爲學做菜。）

【習う（學習）〈五段〉→ 習い＋に】

5.北海道へ　写真を　撮りに　来た。
ほっかいどう　しゃしん　と　き

（來北海道是爲了拍照。）

【撮る（拍照）〈五段〉→撮り+に】

【来る（來）→来+た】
く　き

6.昼休みには　寮へ　食事に　戻る。
ひるやす　りょう　しょくじ　もど

（午休時，回宿舍吃飯。）

【食事（用餐）】

【戻る（折返）〈五段〉】

7.森林へ　散歩に　行きました。
しんりん　さんぽ　い

（去森林散步。）

8.イギリスへ　勉強に　来ました。
べんきょう　き

（來英國讀書。）

【勉強（讀書）】

9.スーパーへ　買物に　出掛けた。
かいもの　で　か

（到超市購物。）

【買物（購物）】

【出掛ける（外出）〈下一段〉→出掛け+た】

 注意

> 1.此句型模式爲：
>
> （あなたは）日本へ　何を　しに　行きますか。
> （主語）　　　　　　　　（動作目的）（移動性動詞）

圖解N5文法一本通，絕對PASS

2.「に」（助詞）表示「動作的目的」，前接動詞的「ます形」（例句1～5）或具有「動作意義的名詞」（例句6～9）

3.此句型的「助詞」接續模式為：

場所＋「へ」　動作目的＋「に」

所以，

（×）旅行へ　行く。

（○）旅行に　行く。

（去旅行。）

38. もらう・頂<ruby>頂<rt>いただ</rt></ruby>く

用法：（我或我方）得到（某物）

🔧 記憶竅門

> 以口訣「（我或我方）得到（某物）」聯想其意。

例句

1. （私は）　<ruby>姉<rt>あね</rt></ruby>に　<ruby>帽子<rt>ぼうし</rt></ruby>を　もらう。
   （我會從姊姊那裡收到帽子。）

2. 私は　おばに　<ruby>お年玉<rt>としだま</rt></ruby>を　もらった。
   （我從叔母那裡收到紅包。）
   【もらう（收到）〈五段〉→もらい+た
   　→ もらった（促音便）】

3. 私達は　<ruby>校長先生<rt>こうちょうせんせい</rt></ruby>から　<ruby>電子辞書<rt>でんしじしょ</rt></ruby>を
   <ruby>頂<rt>いただ</rt></ruby>きました。
   （我們從校長那裡收到了辭典。）
   【頂く（收到）〈五段〉→頂き+ました】

4. <ruby>先生<rt>せんせい</rt></ruby>から　<ruby>奨学金<rt>しょうがくきん</rt></ruby>を　<ruby>頂<rt>いただ</rt></ruby>く。
   （會從老師那裡收到獎學金。）
   【同上】

注意

1. 此句型為：

$$\underline{A} は（が）\qquad \underline{B} に／から \qquad を \begin{cases} もらう。\\ 頂く。\end{cases}$$

（主語：接受者）　　　　　（授予者）

⊙「A」的地位高於「B」（或平輩、熟人）時，使用 →「**もらう**」（例句 1、2）

⊙「A」的地位低於「B」時，為了表示對「B」的敬意，使用 →「**頂く**」（例句 3、4）

2.「B」為學校、公司等時，不用「**に**」而使用「**から**」，如：

　　※私は　大学**から**　奨学金を　もらいました。

　　※私達は　会社**から**　ボーナスを　もらっている。

N5 模擬テスト
言語知識（文法）
10 回

第1回

もんだい1 （　　　）に　何を　入れますか。①、②、③、④か
　　　　　ら　いちばん　いい　ものを　一つ　えらんで　くだ
　　　　　さい。

1. この　薬は　6時間（　）　一回　飲んで　ください。
　　①と　　　　　　②が　　　　　　③で　　　　　　④に

2. こんばん、　6時に　映画館の　入り口（　）まっています。
　　①は　　　　　　②で　　　　　　③に　　　　　　④が

3. この　靴は　あなた（　）ちょうど　いいと　思います。
　　①も　　　　　　②の　　　　　　③に　　　　　　④が

4. 兄は　かばんを　ゆうびんきょく（　）わすれて　帰りました。
　　①が　　　　　　②の　　　　　　③と　　　　　　④に

5. 本に　「池田彰」（　）かいて　あります。
　　①で　　　　　　②や　　　　　　③と　　　　　　④から

6. この　はこに　雑誌が（　）ぐらい　はいって　いますか。
　　①どう　　　　　②いかが　　　　③なん　　　　　④どの

7. 父「もう　遅いから、はやく（　　）」
　　娘「はい、すぐ　寝ます。」
　　①寝ていたい　②寝たい　　　③寝なさい　　④寝ていなさい

8. つぎの　バスまで　まだ　1時間（　）、喫茶店に　入って、
　　お茶でも　飲みながら　待ちましょう。
　　①あって　　　②あるから　　③ないから　　④なくて

9. 鈴木さんは　若いけど、仕事は（　）できて　いますね。
　　①わるく　　　②わるくて　　③よく　　　　④よくて

10. A「その　つくえは　もう（　　）。」
　　B「じゃあ、わたしに　ください。」

①かかりません　　　　　　　②いりません

　　③ください　　　　　　　　④くださいませんか

11. A「おこさんは　今年　お（　　）ですか。」

　　B「7　さいです。」

　　①なんさい　　②なにさい　　③いくつ　　　④いくら

12. A「ここから　駅まで　どれぐらい（　　）。」

　　B「30分ぐらいでしょう。」

　　①いりますか　　　　　　　②いって　いますか

　　③かかりますか　　　　　　④かかって　いますか

13. 父は　中学で　先生を（　　）います。

　　①なって　　　②して　　　③できで　　　④あって

14. 字が　小さくて　はっきり（　　）、めがねを　かけました。

　　①みないけど　　　　　　　②みえないけど

　　③みえないから　　　　　　④みないから

15. A「きのう、会社に　来なかったね。（　　）？」

　　B「かぜを　ひいたのです。」

　　①いつ　したの　　　　　　②いっ　するの

　　③どう　するの　　　　　　④どう　したの

16. A「なにも　ありませんが、どうぞ　食べて　下さい。」

　　B「はい、（　　）。」

　　①いただきます　　　　　　②もらいます

　　③食べて　います　　　　　④食べて　いませんか。

もんだい2　＿★＿に　入る　ものは　どれですか。①、②、③、
　　　　　④から　いちばん　いいものを　一つ　えらんで
　　　　　ください。

17. ギターを＿＿＿＿　＿＿＿＿　＿★＿　＿＿＿ます。

①うたい　　②ひき　　③うたを　　④ながら

18. かれの＿＿＿　＿＿＿　★＿＿　＿＿＿です。
①あかるい　　②おおきくて　③は　　④うち

19. きみは＿＿＿　＿＿＿　★＿＿　＿＿＿ね。どうしたの？
①たべて　　②すこし　　③も　　④いなかった

20. 駅や＿＿＿　＿＿＿　★＿＿　＿＿＿。
①べんりに　　　　　　　②なりました
③スーパーなどが　　　　④できて

21. よく　わかりませんから、＿＿＿　＿＿＿　★＿＿　＿＿＿ません
か。
①一度　　②もう　　③言って　　④ください

もんだい3 22 から 26 に　何を　入れますか。①、②、③、
④から　いちばん　いい　ものを　一つ　えらんで
ください。

　私は　小説 22 好きです。日本語で　小説が　読みたいです 23 、
日本語が　もっと 24 。
　土曜日、北山さんと　小説の　てんらん会を 25 行きます。北山さ
んは　お姉さんに　チケットを 26 もらいましたから。
　私も　いっしょに　行きます、とても　楽しみです。

22
①を　　②に　　③が　　④と

23
①から　　②ね　　③に　　④を

圖解N5文法一本通，絕對PASS

| 24 |

　①上手です　　　　　　　②上手に　なりたいです

　③上手に　なりました　　④上手に　読みます

| 25 |

　①見に　　　②見て　　　③見　　　④見る

| 26 |

　①にほん　　②にだい　　③にこ　　④にまい

正解（第1回）

　1.④　　2.②　　3.③　　4.④　　5.③　　6.④　7.③　8.②　9.③　10.②

11.③　12.③　13.②　14.③　15.④　16.①

17.②④③①　18.④③②①　19.②③①④　20.③④①②　21.②①③④

22.③　23.①　24.②　25.①　26.④

第2回

もんだい1 （　　　）に　何を　入れますか。①、②、③、④か
　　　　　ら　いちばん　いい　ものを　一つ　えらんで　くだ
　　　　　さい。

1. 私には　きょうだいが　二人　います。兄（　　）姉です。
　　①は　　　　　　②と　　　　　　③も　　　　　　④か

2. 中村「この　ぼうしは　佐藤さん（　　）ですか。」
　　佐藤「はい。」
　　①や　　　　　　②か　　　　　　③は　　　　　　④の

3. 日本（　　）ながい　かわが　すくない。
　　①には　　　　　②へは　　　　　③とは　　　　　④では

4. まど（　　）見た　空の　くもは　きれいです。
　　①だけ　　　　　②を　　　　　　③まで　　　　　④から

5. 旅行は　ぜんぶ（　　）何人　いますか。
　　①は　　　　　　②に　　　　　　③で　　　　　　④も

6. A「みそしるを　もう　いっぱい（　　）ですか。」
　　B「いいえ、けっこうです。」
　　①いくつ　　　②いくら　　　③いつも　　　④いかが

7. A「（　　）来ましたか。」
　　B「いいえ、だれも　来ませんでした。」
　　①だれは　　　②だれも　　　③だれか　　　④だれと

8. A「もう　少し　もらいましょうか。」
　　B「これ（　　）けっこうです。」
　　①から　　　　②では　　　　③だけで　　　④までに

9. A「壁に　絵が　ありますね。」
　　B「ええ、ぼくが（　　）。」

圖解N5文法一本通・絶對PASS

①書きたいです　　　　　　　②書いています

③書きましょう　　　　　　　④書きました

10. A「そとで　食事を　したいですけれど。」

B「いいですよ。いま　すぐ（　　　）。」

①出かけませんか　　　　　　②出かけましょうか

③出かけて　いますか　　　　④出かけて　いませんか

11.「きみが　買った　本は（　　　）と　いう　本ですか。」

①どこ　　　　②なん　　　　③だれ　　　　④どちら

12.（　　　）時間が　ないですから　タクシーを　呼びましょう。

①いつも　　　②いつか　　　③また　　　④もう

13. A「きょう　だれか　会社を　やすみましたか。」

B「いいえ、だれも（　　　）。」

①やすみませんでした　　　　②やすみません

③やすまないでした　　　　　④やすんでいました

14. A「すみません。暑いですから、まどを（　　　）。」

B「あ、すみません。いま　すぐ　あけます。」

①もう　しめて　いませんか　②しめないで　いません

③まだ　しめて　いませんか　④しめないで　くださいませんか

15. A「この　書類を　社長の　ところへ（　　　）ください。」

B「はい、わかりました。」

①持って行って　　　　　　　②持っていて

③持って　　　　　　　　　　④持ってもらって

16. 20さい（　　　）から、アメリカへ　留学します。

①に　して　　②に　なって　③が　なって　④が　して

もんだい2 ___★___ に 入る ものは どれですか。①、②、
③、④から いちばん いいものを 一つ えらんで
ください。

17. _____ _____ ___★___ _____から、おなかが 空いて います。
　　①も 　　　　②なに 　　　　③いません 　　④たべて

18. 髪_____ _____ ___★___ _____と たのみました。
　　①きって 　　　②を 　　　　③ください 　　④みじかく

19. わたしは かぜを ひいて_____ _____ ___★___ _____ない。
　　①きょうは 　　②が 　　　　③いて 　　　　④げんき

20. 一日_____ _____ ___★___ _____つかれました。
　　①あって 　　　②じゅう 　　③しけん 　　　④が

21. 子供の とき、_____ _____ ___★___ _____なかった。
　　①大根 　　　　②では 　　　③すき 　　　　④が

もんだい3 [22] から [26] に 何を 入れますか。①、②、③、
④から いちばん いい ものを 一つ えらんで
ください。

　　私は [22] 秋葉原へ 行きます。秋葉原の 店は 大きいです。
いろいろな ものが あります。店の 人は [23] 親切です。　明日も
私は 中川(なかがわ)さんと 秋葉原へ 行きます。[24] 日本の カメラを
買います。日本 [25] は ちょっと 高いです [26] 、とても いいで
す。

[22]
　　①あまり 　　②たくさん 　　③たいへん 　　④よく

[23]
　　①とても 　　②はじめて 　　③まっすぐ 　　④まだ

24
①それでは　　②しかし　　③でも　　　④そして

25
①に　　　　　②の　　　　③へ　　　　④から

26
①から　　　　②が　　　　③の　　　　④ね

正解 （第2回）

1.②　2.④　3.①　4.④　5.③　6.④　7.③　8.③　9.④　10.②

11.②　12.④　13.①　14.④　15.①　16.②

17.②①④③　18.②④①③　19.③①④②　20.②③④①　21.①④③②

22.④　23.①　24.④　25.①　26.②

第３回

もんだい１　（　　　）に　何を　入れますか。①、②、③、④か
ら　いちばん　いい　ものを　一つ　えらんで　くだ
さい。

1. ここ　（　　）パンは　おいしいです。
　　①の　　　　　②へ　　　　　③を　　　　　④に

2. つぎの　信号を　左（　　）まがって　下さい。
　　①が　　　　　②や　　　　　③へ　　　　　④か

3. わたしは　ひとり（　　）はなを　見に　行きます。
　　①は　　　　　②が　　　　　③を　　　　　④で

4. A「中山さん（　　）きのう　どこかに　出かけましたか。」
　　B「いいえ、いえに　いました。」
　　①は　　　　　②で　　　　　③に　　　　　④を

5. 大使館まで　タクシーで　2000円（　　）です。
　　①など　　　　②ぐらい　　　③も　　　　　④ごろ

6. A「さようなら。」
　　B「さようなら、また（　　）。」
　　①今日　　　　②今月　　　　③来週　　　　④おととい

7. 子供「いただきます。」
　　先生「あ、食べる（　　）、手を　洗いましょう。」
　　①のまえに　　②まえに　　　③のあとに　　④あとに

8. A「ここでも　雪が　ふりますか。」
　　B「ええ、ふりますよ。でも、きょねんは　あまり（　　）。」
　　①ふりました　　　　　　　②ふります
　　③ふりませんでした　　　　④ふりません

9. 山下「田中さんの　パソコンは　いいですね。どこで　かいました

　　　　か。」

　　田中「いえ、これは　姉に（　　）。」

　　①かいました　　　　　　　②あげました

　　③もらいました　　　　　　④うりました

10. A「見て　ください。こいが　たくさん（　　）よ。」

　　B「ほんとうですね。100ぴきぐらい　いますね。」

　　①およぎました　　　　　　②およぎません

　　③およぎます　　　　　　　④およいでいます

11. 妹は　10オです。姉は　20さいです。妹は　姉（　　）10さい
　　わかい。

　　①まで　　　　　②より　　　　　③から　　　　　④のほうが

12. 父が　うちに　かえて（　　）、もう　夜の　2時ごろでした。

　　①くるとき　　　②きたとき　　　③くるほうは　　④きたほうは

13. A「どうですか。今から　どこかで　いっしょに（　　）。」

　　B「今からですか。今から　ちょっと……」

　　①飲みますね　　　　　　　②飲みました

　　③飲んでいますね　　　　　④飲みませんか

14. A「ふゆやすみに　なにを　しますか。」

　　B「かぞくで　アメリカへ　りょこう（　　）。」

　　①しました　　②します　　　③やります　　④やりました

15. 10月に　なってから、だんだん（　　）。

　　①さむかったです　　　　　②さむいです

　　③さむくなります　　　　　④さむくします

16. 今日は　野球を（　　）、テニスを　します。

　　①しなくて　　②しないで　　③しなくで　　④しないか

もんだい2 ___★___ に 入る ものは どれですか。①、②、③、
　　　　④から いちばん いいものを 一つ えらんで
　　　　ください。

17. A「学校_____ _____ ___★___ _____行って いますか。」
　　 B「わたしは あるいて 行っています。」
　　 ①は　　　　　②へ　　　　　③で　　　　　④何

18. 「すみません、えき_____ _____ ___★___ _____か。」
　　 ①に　　　　　②は　　　　　③あります　　④どこ

19. 仕事は_____ _____ ___★___ _____です。
　　 ①ない　　　　②いそがしく　③おおく　　　④なくて

20. あの しろい_____ _____ ___★___ _____の？
　　 ①びょういん　②たてもの　　③ではない　　④は

21. しけんの_____ _____ ___★___ _____のみませんか。
　　 ①かで　　　　②どこ　　　　③で　　　　　④あと

もんだい3 [22] から [26] に 何を 入れますか。①、②、③、
　　　　④から いちばん いい ものを 一つ えらんで
　　　　ください。

おととい、工藤さんと いっしょに 湖へ 行きました。湖が [22]。
[23]、天気が あまり よく なかったですから 私達は [24]。夕
方、[25] に 寮に 帰りました。[26]、ラーメンを 食べました。
夜、10時に 寝ました。

[22]
　　 ①とても きれいだ　　　　②とても もれいです
　　 ③とても きれいだったでした④とても きれいでした

23

①しかし　　②そして　　③もう　　④では

24

①泳がない　　　　　　②泳ぎません

③泳がなかったでした　　④泳ぎませんでした

25

①5時くらい　②5時ぐらい　③5時ごろ　④5時ころ

26

①しかし　　②でも　　③では　　④それから

正解（第3回）

1.①　2.③　3.④　4.①　5.②　6.③　7.②　8.③　9.③　10.④
11.②　12.②　13.④　14.②　15.③　16.②
17.②①④③　18.②④①③　19.③④②①　20.②④①③　21.④③②①
22.④　23.①　24.④　25.③　26.④

第4回

もんだい1　（　　　）に　何を　入れますか。①、②、③、④か
　　　　　　ら　いちばん　いい　ものを　一つ　えらんで　くだ
　　　　　　さい。

1. 昨日、ここ（　　）大きな　事故が　起きました。
　　①を　　　　　　②に　　　　　　③で　　　　　　④が

2. わたし（　　）ほしい　ものは　これです。
　　①の　　　　　　②は　　　　　　③と　　　　　　④や

3. 小林さん（　　）中村さん（　　）どちらが　背が　高いですか。
　　①の/の　　　　②が/が　　　　③と/と　　　　④は/は

4. この　はし（　　）わたって、それから　200メートルぐらい　歩いて
　　下さい。
　　①と　　　　　　②の　　　　　　③が　　　　　　④を

5. 本や（　　）いろいろな　雑誌も　うって　いました。
　　①では　　　　　②でも　　　　　③には　　　　　④にも

6. フランス語は（　　）上手では　ありませんが、少し　話すことが
　　できます。
　　①はっきり　　　②あまり　　　③なにか　　　④どちらも

7. 島崎さんの　撮った　写真を　（　　）いいですか。
　　①見ては　　　　②見ても　　　③見たくて　　④見たがって

8. 廊下の　電気は　もう（　　）か。
　　①消します　②消しています　③消しましたか　④消しません

9. まだ　早いだろうか、工場には　ひとりも（　　）。
　　①来ました　　　　　　　②来たり　します
　　③来ていません　　　　　④来ていました

10. ちょっと　高いですね。もう　すこし（　　）ください。

①安く　なり　　　　　　　②安く　なって

③安く　して　　　　　　　④安く　し

11. A.「高木さんは　もう　来ないでしょう。」

B.「もう　少し（　　　）いいですよ。」

①待ったほうが　　　　　②待つので

③待っていた　　　　　　④待ちながら

12. 窓は　開けて　ありますが、ドアは（　　　）。

①開けて　しまいません　　②開けて　ありません

③開いて　しまいません　　④開いて　ありません

13. A「吉村さんは　どんな　スポーツを　しますか。」

B「（　　　）。」

①ええ、スポーツを　して　いますね

②スポーツは　とても　おもしろいでずよ

③わたしは　なにも　して　いません

④そう、どんな　スポーツを　します

14. 工藤先生の　授業は（　　　）よ。来年は　もう　出ない。

①おもしろかった　　　　　②おもしろいのだった

③おもしろくなかった　　　④おもしろくないだろう

15. A「もう　いっぱい　飲みませんか。」

B「（　　　）。もう　たくさん　飲みましたから。」

①けっこうです　　　　　②はい

③でも　　　　　　　　　④しかし

16. よく（　　　）、答えて。

①考えたのに　　　　　　②考えていても

③考えてから　　　　　　④考える

もんだい2 ____★____ に 入る ものは どれですか。①、②、③、④から いちばん いいものを 一つ えらんで ください。

17. A「どうでしたか。先週の 社員旅行は？」

　　B「そうね。_____ _____ __★__ _____よ。」

　　①けれど　　　　　　　②たのしかった

　　③つかれた　　　　　　④ちょっと

18. かばんが_____ _____ __★__ _____なりました。

　　①おもかった　　②手が　　　③いたく　　　④から

19. その 駅で_____ _____ __★__ _____乗り換えます。

　　①バスに　　　②ほかの　　　③そこから　　④降りて

20. A「田中さんは 何日 休みますか。」

　　B「彼は_____ _____ __★__ _____います。」

　　①五日間　　　②と　　　　③言って　　　④休みたい

21. 居間_____ _____ __★__ _____、暑い。

　　①には　　　②いて　　　③おおぜい　　④人が

もんだい3 ［22］から ［26］に 何を 入れますか。①、②、③、④から いちばん いい ものを 一つ えらんで ください。

　　私は 冬休み、姉と 日本へ 行きました。日本で ［22］。海外旅行は はじめてでしたが、とても ［23］。雪を 見た あとで、おんせんに 入りました。おんせんが 好きですから 夜も ご飯を ［24］まえに、入りました。

　　おんせんで 雪を ［25］ながら、姉と いろいろ 話しました。とても ［26］旅行でした。

圖解N5文法一本通，絕對PASS

22

　①旅行を　しながら　おんせんに　入りました。

　②おんせんの　中で　食事を　しました。

　③雪を　見たり　おんせんに　入ったり　しました

　④おんせんに　入ったとき、食事を　しました。

23

　①楽しいです　　　　　　②楽しかったです

　③楽しいでした　　　　　④楽しかったでした。

24

　①食べる　　　②食べて　　　③食べた　　　④食べ

25

　①見る　　　　②見て　　　③見た　　　④見

26

　①よくて　　　②よかつた　　③いい　　　④いいの

正解　（第4回）

1.③	2.①	3.③	4.④	5.①	6.②	7.②	8.③	9.③	10.③
11.①	12.②	13.③	14.③	15.①	16.③				

17.②①④③★　18.①④②③★　19.④③②①★　20.①④②③★　21.①④③②★

22.③　23.②　24.①　25.④　26.③

第5回

もんだい1 （　　　）に　何を　入れますか。①、②、③、④か
　　　　　ら　いちばん　いい　ものを　一つ　えらんで　くだ
　　　　　さい。

1. 10年まえ、ふね（　　）、一度　インドへ　行きました。
　　①に　　　　②で　　　　③へ　　　　④と

2. やすみの　日（　　）、先輩と　テニスを　します。
　　①に　　　　②を　　　　③の　　　　④で

3. この　りょうりは　まめ（　　）作ります。
　　①に　　　　②を　　　　③が　　　　④で

4. となり（　　）高い　ビルが　できて、家は　暗く　なりました。
　　①が　　　　②に　　　　③と　　　　④を

5. 私は　コーヒーの（　　）が　お茶より　好きです。
　　①こと　　　②もの　　　③ほう　　　④の

6. 客「すみません、（　　）。」
　　店員「はい、分かりました。……ラーメンを　どうぞ。」
　　①ラーメンを　食べて　下たい
　　②ラーメンを　もらいなたい
　　③ラーメンを　下さい
　　④ラーメンを　あげて　下さい

7. A「今度の　試験に（　　）かかりましたか。」
　　B「1時間ぐらい　かかりました。」
　　①どちらぐらい　　　　　②どれぐらい
　　③どれも　　　　　　　　④どちらも

8. A「横山さんは　パーティーに　来ますか。」
　　B「そうですね。来るか　来ないか（　　）。」

圖解N5文法一本通，絕對PASS

①わかります　　　　　　　　②わかりません

③知っています　　　　　　　④知っていません

9. A「そちらは　きょうも　暑いですか。」

　B「いいえ、（　　　）。」

①わかりません　　　　　　　②そうでは　ありません

③暑くありません　　　　　　④きようしか　暑くないです

10. A「試合は　はじまりましたか。」

　B「（　　　）。これからです。」

①はい、もうです　　　　　　②はい、まだです

③いいえ、まだです　　　　　④いいえ、もうです

11. A「何人　来ましたか。」

　B「雪が　たくさん　降っていたから、一人しか（　　　）。」

①来ないでした　　　　　　　②来ないで下さい

③来なくて下さい　　　　　　④来ませんでした

12. A「すみませんが、そこの　ビールを　1本　取って　下さい。」

　B「ビールですね。（　　　）。」

①はい、取って下さい　　　　②はい、どうぞ

③はい、ちがいます　　　　　④はい、取りなさい

13. きょうは　天気が　よくて、（　　　）人が　出かけて　いる。

①多いの　　　　②多くの　　　　③多い　　　　④多かった

14. 学生「飲み物は　私は　紅茶に　しますが、先生は（　　　）。」

　先生「私も　紅茶に　しましょう。」

①なにが　欲しく　ないですか

②なにが　よろしく　ないですか

③なにが　ほしいですか

④なにが　よろしいですか

15. 社長は　アメリカ（　　　）中国（　　　）、会社の　物を売って　いま

す。
　①よりも/よりも　　　　　　②でも/でも
　③からも/からも　　　　　　④だけも/だけも

16. A「ここで　たばこを　吸っては　いけないよ。すぐ（　　　）。」
　B「はい、分かります。すみません。」
　①たばこを　消しなさい　　②たばこを　消していない
　③たばこが　消えました　　④たばこが　消えていますか

もんだい2 ＿＿＿★＿＿＿に　入る　ものは　どれですか。①、②、③、
　　　　　④から　いちばん　いいものを　一つ　えらんで
　　　　　ください。

17. さらは＿＿＿＿　＿＿＿＿　＿＿★＿　＿＿＿＿よ。
　①あります　　　　　　　　②テーブルの
　③だいどころの　　　　　　④うえに

18. うち＿＿＿＿　＿＿＿＿　＿＿★＿　＿＿＿＿会社へ　行きます。
　①から　　　　　　　　　　②せんたくを
　③して　　　　　　　　　　④で

19. へんな＿＿＿＿　＿＿＿＿　＿＿★＿　＿＿＿＿。
　①すんでいます　　　　　　②人が
　③となりの　　　　　　　　④いえに

20. もしもし、＿＿＿＿　＿＿＿＿　＿＿★＿　＿＿＿＿いますか。
　①いしいです　　　　　　　②は
　③なかのさん　　　　　　　④が

21. 電車＿＿＿＿　＿＿＿＿　＿＿★＿　＿＿＿＿乗って　いますね。
　①が　　　　　②大勢　　　　　③でも　　　　　④来ましたよ

もんだい3 22 から 26 に 何を 入れますか。①、②、③、
④から いちばん いい ものを 一つ えらんで
ください。

田中好子と 山本敬子が インターネットで 知り合いました。下の
文は 二人の Eメールです。

けさ 好子さんから メールを 22 うれしかったです。どうも
ありがとう ございます。

好子さんの かおを 見たいです。失礼ですが、しゃしんを 23

山本敬子

メールを どうも ありがとう ございます。

わたしの しゃしんを 送ります。元気な 24 、すみませんね

お仕事は どうですか。忙しいですか。わたしは 大学で 勉強を
しながら、アルバイトを して ます。疲れます 25 たのしいです。

26 会いましょうか。そして、どこかで 食事を しませんか。敬
子の メールを 待って います。

22
　①もらって　　②あげで　　③やって　　④くれて
23
　①して　下さいませんか　　②送って　下さいませんか
　③あげませんか　　④送りましょう
24
　①かおですね　　②かおですけど
　③かおでは　ありませんか　　④かおでは　ありませんけど
25
　①が　　②から　　③のか　　④ので

26

①いつ　　　　②いつか　　　　③いつまで　　　④いつまでに

正 解 （第 5 回）

1.②　　2.①　　3.④　　4.②　　5.③　　6.③　　7.②　　8.②　　9.③　　10.③

11.④　12.②　13.②　14.④　15.②　16.①

17.③②④①　　18.④②③①　　19.②③④①　　20.①④③②　　21.①④③②

22.①　23.②　24.④　25.①　26.②

第6回

もんだい1 （　　　）に　何を　入れますか。①、②、③、④か
ら　いちばん　いい　ものを　一つ　えらんで　くだ
さい。

1. すいようび（　）がっこうは　おやすみです。
　　①で　　　　　②に　　　　　③から　　　　④へ
2. ばんごはんは　パン（　）つめたい　おちゃを　いただきます。
　　①や　　　　　②が　　　　　③の　　　　　④も
3. これは　おかあさん（　）つしくった　ふくです。
　　①に　　　　　②の　　　　　③は　　　　　④ゆ
4. じしょ（　）いろいろな　たんごの　いみを　しらべます。
　　①に　　　　　②な　　　　　③で　　　　　④から
5. コーヒー（　）ジュースを　のみますか。
　　①か　　　　　②が　　　　　③と　　　　　④に
6. いっしょに　デパートに　かいものに（　　）。
　　①いきでしょう　　　　　　②いくに　なります
　　③いきますわ　　　　　　　④いきましょう
7. ほんだなには　ほんが　きれいに　ならんで（　　）。
　　①います　　　②ありました　③あります　　④いています
8. こどもが　ねていますから、（　）して　ください。
　　①げんきに　　②たいせつに　③にぎやかに　④しずかに
9. れいぞうこを　ながい　じかん（　　）ください。
　　①しめて　　　　　　　　　②しめないで
　　③あけておいて　　　　　　④あけないで
10. すずきさんは　いつも　なんまんえんも（　　）。
　　①もっています　　　　　　②もちます

③もちません　　　　　　　④もっていません

11. いまから　いえに　かえって　すぐに（　　）。
　①りょうりを　して　います　②りょうりを　して　いました
　③りょうりを　します　　　　④りょうりです

12. かいしゃに（　　）とき、じむしょに　だれも　いませんでした。
　①ついて　　　②ついた　　　③つく　　　　④つかない

13. かばんに　かさが（　　）。
　①あって　います　　　　　　②もって　います
　③はいって　います　　　　　④して　います

14. きょう　かぜを（　　）かいしゃを　やすみました。
　①ひいて　　　②ひいたり　　③ひいたが　　④ひいた

15. この　ことを　だれから（　　）。
　①はなしますか　　　　　　　②はなしましたか
　③ききましたか　　　　　　　④ききませんか

16. A「これと　それを（　　）。ぜんぶで　いくらに　なりますか。」
　　B「ありがとう　ございます。ぜんぶで　6せんえんです。」
　①かいました　　　　　　　　②かいませんか
　③かいたくないです　　　　　④かいたいです

もんだい2 ＿★＿に　入る　ものは　どれですか。①、②、③、
　　　　④から　いちばん　いいものを　一つ　えらんで
　　　　ください。

17. 月曜日＿＿＿　＿＿＿　＿★＿　＿＿＿か。
　①です　　　　②やすむ　人　③は　　　　④だれ

18. かずおさんは　へやで＿＿＿　＿＿＿　＿★＿　＿＿＿して　います。
　①の　　　　　②れんしゅう　③を　　　　④ギター

19. ストーブが＿＿＿　＿＿＿　＿★＿　＿＿＿。

①へやは　　　　　　　　　②つけて　ある

③あたたかい　　　　　　　④から

20.あの＿＿＿＿　＿＿＿＿　★　＿＿＿＿ですね。

　　①は　　　　　②ねこ　　　③かわいい　　　④ほんとうに

21.きのう＿＿＿＿　＿＿＿＿　★　＿＿＿＿を　見せました

　　①私の　　　　　②ともだち　　③写真　　　　④に

もんだい3　22　から　26　に　何を　入れますか。①、②、③、
　　　　　　④から　いちばん　いい　ものを　一つ　えらんで
　　　　　　ください。

綜合問題（模擬考）

　　休みの　日は　いつも　会社の　寮で　22　。でも、先週の　日曜
日は　親友に　23　。寮から　親友の　家まで　遠くて、電車で　24
かかりました。　25　喫茶店で、親友と　いろいろ　話して、　26　。

　22

　　①まんがや　雑誌などを　読みます

　　②まんがや　雑誌などを　読みました

　　③まんがと　雑誌などを　読みます

　　④まんがと　雑誌な　読みました

　23

　　①会うに　来ました　　　　②会いに　来ました

　　③会いに　出掛けました　　④会うに　出掛けました

　24

　　①2時間だけ　　　　　　②2時ごろ

　　③2時間ぐらい　　　　　④2時に

　25

　　①では　　　　②くかし　　　③それから　　④そして

$\boxed{26}$

①ゆっくり過ぎます　　　　②ゆっくり過ぎました

③ゆっくり過ごします　　　④ゆっくり過ごしました

(正)(解)　（第6回）

1.③　　2.①　　3.②　　4.③　　5.①　　6.④　7.①　8.④　9.④　10.①

11.③　12.②　13.③　14.①　15.③　16.④

17.②③④̇①　18.④①②̇③　19.②④①̇③　20.②①④̇③　21.②④①̇③

22.①　23.③　24.③　25.③　26.④

第7回

もんだい1（　　　　）に　何を　入れますか。①、②、③、④から　いちばん　いい　ものを　一つ　えらんで　ください。

1. スポーツは　体（　　）　いい。
   ①が　　　　　②は　　　　　③に　　　　　④で

2. あの　信号（　　）　左へ　曲がって　下さい。
   ①で　　　　　②を　　　　　③へ　　　　　④に

3. 横浜（　　）住んで　います。
   ①で　　　　　②に　　　　　③へ　　　　　④を

4. 高校（　　）　出てから、会社で　働きます。
   ①から　　　　②へ　　　　　③を　　　　　④に

5. 日本は　山（　　）　多い。
   ①は　　　　　②が　　　　　③を　　　　　④や

6. A「お酒は　いかがですか。」
   B「（　　）。」
   ①ごちそうさま　　　　　②おかけさまで
   ③いただきます　　　　　④こちらこそ

7. A「あしたは　試験です。」
   B「（　　）。」
   ①じゃ、また　あした　　　②疲れましたね
   ③頑張って　下さい　　　　④よく　出来ますね

8. A「来週　結婚します。」
   B「（　　）。」
   ①ありがとう　ございます　②よろしく　お願いします
   ③どうぞ　よろしく　　　　④おめでとう　ございます

圖解N5文法一本通，絕對PASS

9. 頭が（　　　）、勉強します。
　　①痛かったら　　　　　　　　②痛くても
　　③痛い　　　　　　　　　　　④痛くない

10. 昼ごはんを（　　　）、すぐ　出かけます。
　　①食べた　とき　　　　　　　②食べたら
　　③食べます　　　　　　　　　④食べたかったら

11. A「あまり　食べませんね。」
　　B「（　　　）ダイエットを　している。」
　　①実は　　　　②ほんとうに　③もちろん　　　④しかし

12. A「熱が　ありますから　早く　帰ります。」
　　B「そうですか。（　　　）。」
　　①お大事に　　　　　　　　　②おかけさまで
　　③お帰りなさい　　　　　　　④疲れますね

13. A「はじめから　あの　仕事を　やりたかったんですか。」
　　B「いいえ、はじめは　あの　仕事を（　　　）んですよ。」
　　①やって　いた　　　　　　　②やって　いなかった
　　③やりたく　なかった　　　　④やりたかった

14. ともだちが（　　　）、こまって　います。
　　①いないが　　　②いたいか　　　③いなくて　　　④いないで

15. 辞書を（　　　）、英語の　しんぶんを　よみます。
　　①引くけど　　　②引いたので　③引きながら　④引いたか

16. A「宿題は　全部　できましたが。」
　　B「ううん　まだ（　　　）。これから　やる。」
　　①やらない　　　　　　　　　②やって　いない
　　③やったのではない　　　　　④やるのではない

もんだい2 ＿★＿ に 入る ものは どれですか。①、②、③、
　　　　　④から いちばん いいものを 一つ えらんで
　　　　　ください。

11. みんなで ビールを＿＿＿ ＿＿＿ ＿★＿ ＿＿＿。
　　　①とき　　　　②飲む　　　　③と言います　　④乾杯

18. ＿＿＿ ＿＿＿ ＿★＿ ＿＿＿。
　　　①で　　　　　②なりません　③現金　　　　　④払わなければ

19. 駅へ＿＿＿ ＿＿＿ ＿★＿ ＿＿＿行った。
　　　①を　　　　　②迎え　　　　③おばさん　　　④に

20. いつも＿＿＿ ＿＿＿ ＿★＿ ＿＿＿あびます。
　　　①を　　　　　②ジョギング　③のあと　　　　④シャワー

21. 部長＿＿＿ ＿＿＿ ＿★＿ ＿＿＿を 渡して ください。
　　　①あった　　　②とき　　　　③に　　　　　　④これ

もんだい3 ［22］から ［26］に 何を 入れますか。①、②、③、
　　　　　④から いちばん いい ものを 一つ えらんで
　　　　　ください。

A「家から 学校まで ［22］。」
B「2時間ぐらい かかります。」
A「［23］。［24］学校へ 行きますか。」
B「地下鉄に 乗ります。［25］、バスに 乗ります。」
A「バスにも 乗りますか。［26］。」

［22］
　　①いくつぐらい かかりますか。
　　②いくつぐらい かかりましたか。
　　③どのぐらい かかりますか。

④どのぐらい　かかりましたか。

23

　①そうでしょう　　　　　②そうだろう

　③そうですか　　　　　　④そうです

24

　①なにで　　　②なんで　　　③いくら　　　④いつ

25

　①では　　　　②でも　　　　③まだ　　　　④それから

26

　①いいですね　　　　　　②よいでしたね

　③大変ですね　　　　　　④大変でしたね

正解（第7回）

1.③　　2.②　　3.②　　4.③　　5.②　　6.③　　7.③　　8.④　　9.②　　10.②
11.①　12.①　13.③　14.③　15.③　16.②
17.②①④③　18.③①④②　19.③①②④　20.②③④①　21.③①②④
22.③　23.③　24.②　25.④　26.③

第8回

もんだい1 （　　　）に　何を　入れますか。①、②、③、④から　いちばん　いい　ものを　一つ　えらんで　ください。

1. 毎朝　公園（　　）　散歩します。
   ①へ　　　　　②に　　　　　③を　　　　　④は

2. テパートへ　プレゼントを　買い（　　）行った。
   ①で　　　　　②に　　　　　③へ　　　　　④を

3. 弟が　べんごし（　　）　なりました。
   ①を　　　　　②が　　　　　③は　　　　　④に

4. 箱の　中に　何（　　）　ありません。
   ①が　　　　　②は　　　　　③を　　　　　④も

5. 果物（　　）　りんごが　いちばん　好きです。
   ①で　　　　　②が　　　　　③に　　　　　④は

6. 東京に　美術館が　（　　）　ありますか。
   ①いくら　　　②いくつ　　　③どれ　　　　④なに

7. A「天気は　どうでしたか。」
   B「（　　）。」
   ①よく　なかった　　　　　　②よく　ない
   ③暑いでした　　　　　　　　④暑く　なかったでした

8. もう　新聞を　読みましたか。
   ①いいえ、まだです　　　　　②いいえ、まだでした
   ③はい、読みませんでした　　④はい、読みません

9. A「みなさんは　自分の　かいた　絵を　出しました。やあ、どれも
   （　　）ね。」
   B「そうですね。みな　いい　ものですね。」

①よくて　できます　　　　　②よくて　できて　います

③よく　できます　　　　　　④よく　できて　います

10. A「数学の　授業は　難しい　ですか。」

B「（　　）。難しいですが、おもしろいです。」

①そうでしょうか　　　　　　②そうですか

③そうですね　　　　　　　　④そうでした

11. （　　）、もう　すこし　大きい　声で　言って　下さい。

①すみませんから　　　　　　②すみませんが

③たいへんですが　　　　　　④たいへんですから

12. アメリカに　来る　前に、国で　英語を　習った（　　）。

①という　ものです　　　　　②という　ところです

③ことが　できます　　　　　④ことが　あります

13. 今、冬休みですから、学校（　　）は　しずかです。

①ちゅう　　　②じゅう　　　③なか　　　　④うち

14. A「この　時刻表を　（　　）。」

B「はい、どうぞ。」

①もらいましょうか　　　　　②もらいました

③もらっても　いいですか　　④もらいません

15. A「登山の　あとは、少し　（　　）よ。」

B「はい、これから　そう　します。」

①休んだ　ことが　ある　　　②休む　　ことが　ある

③休んだ　ほうが　いい　　　④休んで　いる　ほうが　いい

16. A「毎日　来なければ　なりませんか。」

B「（　　）。」

①はい、毎日　来なくても　いいです

②はい、毎日　来ないで　下さい

③いいえ、毎日　来なくても　いいです

圖解N5文法一本通，絕對PASS

④いいえ、毎日　来ないで　下さい。

もんだい2 ＿★＿に　入る　ものは　どれですか。①、②、③、
④から　いちばん　いいものを　一つ　えらんで
ください。

17. この＿＿＿＿　＿＿＿＿　＿★＿　＿＿＿＿、のまないで　ください。

　　①きたない　　②おちゃ　　③ですから　　④は

18. ひま＿＿＿＿　＿＿＿＿　＿★＿　＿＿＿＿あまり　見ません。

　　①は　　　　②が　　　　③テレビ　　④ないから

19. ごご、だれ＿＿＿＿　＿＿＿＿　＿★＿　＿＿＿＿でしだ。

　　①わたしの　　②ところに　　③来ません　　④も

20. 9時＿＿＿＿　＿＿＿＿　＿★＿　＿＿＿＿を　始めます。

　　①テスト　　②に　　　　③それでは　　④なりました。

21. トイレですか。エレベーターの＿＿＿＿　＿＿＿＿　＿★＿　＿＿＿＿。

　　①いって　下さい　　　　②まっすぐ

　　③廊下を　　　　　　　　④となりの

もんだい3 ［22］から［26］に　何を　入れますか。①、②、③、
④から　いちばん　いい　ものを　一つ　えらんで
ください。

> A「ばんご飯は ［22］ 。」
>
> B「あ、もう　こんな　時間ですね。いっしょに ［23］ 。」
>
> A「いつも　ラーメン屋ですね。今日は　公園の　後ろのレストラン
> へ　行きましょう。」
>
> B「公園までは ［24］ 時間が　かかりますね。近くの食堂は
> ［25］ 。」
>
> A「そうですね、［26］ 。」

22

①もう　食べますか　　　　②もう　食べましたか

③まだ　食べますか　　　　④まだ　食べましたか

23

①ラーメン屋へ　来ましたか

②ラーメン屋へ　来ませんか

③ラーメン屋へ　行きましたか

④ラーメン屋へ　行きませんか

24

①ほとんど　　　②ぜんぜん　　　③ちょっと　　　④あまり

25

①どうでしたか　　　　　　②どうですか

③どうしますか　　　　　　④そう　しましたか

26

①じゃ、そう　します　　　　②じゃ、そう　しませんか

③じゃ、そう　しません　　　④じゃ、そう　しましょう

正 解 （第 8 回）

1.③　　2.②　　3.④　　4.④　　5.①　　6.②　　7.①　　8.①　　9.④　　10.③

11.②　12.④　13.②　14.③　15.③　16.③

17.②④①③　18.②④③①　19.④①②③　20.②④③①　21.④③②①
（★印：17.①　18.③　19.②　20.③　21.②）

22.②　23.④　24.③　25.②　26.④

第9回

もんだい1　（　　　）に　何を　入れますか。①、②、③、④.から　いちばん　いい　ものを　一つ　えらんで　ください。

1. 日本人は　よく　働く（　　）　思います。

    ①は　　　　　②が　　　　　③を　　　　　④と

2. 野球の　試合（　　）出ます。

    ①で　　　　　②が　　　　　③を　　　　　④へ

3. 窓から　山（　　）　見えます。

    ①を　　　　　②が　　　　　③に　　　　　④へ

4. この　荷物は　船便（　　）　いくらですか。

    ①を　　　　　②へ　　　　　③で　　　　　④に

5. 忙しい（　　）、どこへも　行きません。

    ①ても　　　　②ほど　　　　③まで　　　　④から

6. 大使館まで（　　）やって　行きますか。

    ①どんな　　　②どう　　　　③どの　　　　④どちら

7. これは　私の　本です。（　　）ありますよ。

    ①なまえが　かいて　　　　　②なまえで　かいて

    ③なまえが　かいて　いて　　④なまえで　かいていて

8. A「いっしょに　食事を　しませんか。」

    B「いいえ、食事は（　　）。私は　食べて　来たから。」

    ①よくない　　　　　　　　　②いい

    ③おいしくない　　　　　　　④おいしい

9. A「デパートで　買い物を　してから（　　）。」

    B「まっすぐ　帰った。」

    ①どうなりましたか　　　　　②どう　しましたか

③どうでしたか　　　　　　　④どうだったのですか

10. A「これは　ご家族の　写真ですね。どなたが　ねえさんですか。」

B「ぼうしを（　　）人が　姉です。」

①かぶった　　　　　　　　②かぶって　いた

③かぶる　　　　　　　　　④かぶりたい

11. 母（　　）、父が　掃除を　している。

①には　なく　　　　　　　②には　ないで

③では　なく　　　　　　　④では　ないで

12. A「あまり　元気では　ないので、今日は（　　）。」

B「じゃ、ゆっくり　休んで　ください。」

①休みです　　　　　　　　②休みでした

③休みたいと　思います　　　④休みたいと　思いました

13. A「いま、お兄さんの　ほしい　ものは　なんですか。」

B「兄は　いま（　　）。」

①いい　仕事を　したいです

②いい　仕事が　ほしいです

③仕事が　ほしいと　言いました

④仕事を　したいと　言います

14. A「明日か　あさって　来て。」

B「それでは（　　）。」

①明日に　しましょう　　　　②明日かに　します

③明日に　なって　います

15. 駅の　入り口に　（　　）店で　弁当を　かって、食べた。

①あった　　　②あったの　　　③ある　　　　④あるの

16. 窓を　全部　開けて、教室を　涼しく（　　）。

①いました　　　②しました　　　③なりました　　④できました

もんだい2 ___★___ に 入る ものは どれですか。①、②、③、
④から いちばん いい ものを 一つ えらんで
ください。

17. 私は 大学を_____ _____ _★_ _____。
①はじめました　　　　②でてから
③しごとを　　　　　　④すぐ

18. それじゃ、_____ _____ _★_ _____いれましょう。
①コーヒー　　②が　　　③は　　　　④わたし

19. 彼は みせ_____ _____ _★_ _____よ。
①いつつ　　②を　　　③いる　　　④もって

20. あの 人は 韓国に_____ _____ _★_ _____少し わかるでし
ょう。
①韓国語が　　②いた　　③5年間　　④から

21. あの 建物_____ _____ _★_ _____たかいです。
①が　　　　②は　　　　③りっぱです　④とても

もんだい3 [22] から [26] に 何を 入れますか。①、②、③、
④から いちばん いい ものを 一つ えらんで
ください。

　　私は 昨日 兄と 日本へ [22] 行きました。アリさん [23] いっし
ょに 行きました。
　　帰る とき、空港で チェックイン [24] 兄と [25]。お土産や お
酒などを 買いました。荷物が とても [26] から、大変でした。

[22]
①遊びへ　　②遊びで　　③旅行へ　　④旅行に

23

　　①に　　　　　②は　　　　　③も　　　　　④で

24

　　①するから　　②してから　　③しないから　④しなかったから

25

　　①買物します　　　　　　　②買物しました

　　③買物して　　　　　　　　④買物して　います。

26

　　①重いです　　　　　　　　②重いでした

　　③重かったです　　　　　　④重かったでした

（正）（解）（第9回）

1.④　　2.②　　3.②　　4.③　　5.④　　6.②　7.①　8.②　9.②　10.①
11.③　12.③　13.③　14.①　15.③　16.②
17.②④③①　18.①③④②　19.②①④③　20.③②④①　21.②③①④
22.④　23.③　24.②　25.②　26.③

第 10 回

もんだい 1 （　　　）に　何を　入れますか。①、②、③、④.か
　　　　　ら　いちばん　いい　ものを　一つ　えらんで　くだ
　　　　　さい。

1. 何（　）　おもしろい　話は　ありますか。

　　①が　　　　　②か　　　　　③は　　　　　④から

2. 彼女は　歌（　）上手です。そして　顔（　）きれいです。

　　①と／と　　　②に／に　　　③を／を　　　④が／が

3. 家は　静かです（　）、駅から　遠いです。

　　①が　　　　　②から　　　　③でも　　　　④ので

4. 一年（　）冬が　一番　きらいです。

　　①に　　　　　②で　　　　　③が　　　　　④から

5. 渡辺さんへの　電話は　わたし（　）かけましょう。

　　①が　　　　　②は　　　　　③で　　　　　④に

6. たいせつな　ものですから、（　）ください。

　　①なくなって　　　　　　　　②なくして

　　③なくさいで　　　　　　　　④なくならないで

7. まどを　しめたり（　）しないで　下さい。

　　①あくて　　　②あいたり　　③あけて　　　④あけたり

8. あの　博物館は（　）きれいです。

　　①おおきくて　　②おおき　　③おおきいの　　④おおきいので

9. 兄は　銀行で（　）。

　　①はたらくです　　　　　　②はたらいたです

　　③はたらいています　　　　④はたらきでした

10. これは　もっと（　）。

　　①やすいです　　　　　　　②やすくないです

③やすいでした　　　　　　④やすいだ

11. A「書類は（　　）　送りますか。」

　　B「石川さんが　送ります。」

　　①どの　さんが　　　　　　②だれが

　　③どんな　人が　　　　　　④どう　いう　人が

12.「この　道を　まっすぐ　行って　下さい。橋を　渡ると　右側に　郵

　　便局が（　　）。」

　　①見ます　　　②見せます　　③見えました　④見えます

13. A「日本語で　話して　下さい。」

　　B「すみません。（　　）。」

　　①日本語が　じょうずですよ　　②日本語が　へたですね

　　③日本語が　できません　　　　④日本語しか　できません

14. A「うちで　ゆっくり　遊んで（　　）。」

　　B「どうも　ありがとう。でも、今日は　帰りたいです。」

　　①来て　下さい　　　　　　②行って　下さい

　　③行って　いましょう　　　④来て　いましょう

15. A「ここに　バイクを（　　）。」

　　B「いいえ、とめないで　下さい。」

　　①とめては　いけません

　　②とめては　いけませんね

　　③とめても　いいですか

　　④とめても　いいですよ

16. A「もう　遅いですから　寝ましょう。」

　　B「ええ。じゃ、（　　）。」

　　①おかえりなさい　　　　　　②ごめん下さい

　　③おやすみなさい　　　　　　④すみませんでした

圖解N5文法一本通，絕對PASS

もんだい2 ___★___ に 入る ものは どれですか。①、②、③、
　　　　　　④から いちばん いいものを 一つ えらんで
　　　　　　ください。

17. 家を 出る_____ _____ ___★___ _____ください。
　　①電気の　　　②ときは　　　③スイッチ　　④切って

18. わたしは_____ _____ ___★___ _____かいました。
　　①パンを　　　②お金で　　　③ちちから　　④もらった

19. 今日は_____ _____ ___★___ _____やりました。
　　①いろいろな　②勉強の　　　③家事を　　　④ほかに

20. その 箱の_____ _____ ___★___ _____思いますか。
　　①と　　　　　②なかの　　　③ものは　　　④なんだ

21. 住む_____ _____ ___★___ _____まだ いる。
　　①なく　　　　②人が　　　　③困っている　④ところも

もんだい3 |22| から |26| に 何を 入れますか。①、②、③、
　　　　　　④から いちばん いい ものを 一つ えらんで
　　　　　　ください。

A「今度の 土曜日、いっしょに 日光へ 行きませんか。あそこの
　風景は |22| 。」
B「いいね、|23|、道は 分からないが…」
A「それは 大丈夫です。|24| 。」
B「じゃ、安心した。あのう、昼ご飯は どう する？」
A「|25|、わたしは |26| 喫茶店を 知っていますよ。」
B「そうか、それは いいね。では、よろしくね。」

|22|
　①きれいで 有名ですね　　　②きれいで 有名ですよ

③きれいで　有名でしょう　　④きれいで　有名でよね

23

①では　　　　②でも　　　　③そして　　　　④じゃ

24

①いっしょに　行きません　　②いっしょに　行きませんから

③いっしょに　行きましょう　④いっしょに　行きますから

25

①そうですわ　②そうですよ　③そうですね　④そうですが

26

①安くで　いい　　　　　　②安くて　いい

③安くて　よく　　　　　　④安くて　いいな

正解　（第10回）

1.②　　2.④　　3.①　　4.②　　5.①　　6.③　7.④　8.①　9.③　10.①

11.②　12.④　13.③　14.②　15.③　16.③

17.②①③④　18.③④②①　19.②④①③　20.②③④①　21.④①③②

22.②　23.②　24.④　25.③　26.②

國家圖書館出版品預行編目資料

圖解N5文法一本通,絕對PASS/潘東正著.--初
版--.--臺北市：書泉,2016.03
　　面；　公分
　ISBN 978-986-451-014-6（平裝）

1.日語　2.語法　3.能力測驗

803.189　　　　　　　　104010938

3AF8

圖解N5文法一本通，絕對PASS

作　　者 ／ 潘東正（364.1）

發 行 人 ／ 楊榮川

總 編 輯 ／ 王翠華

主　　編 ／ 黃惠娟

責任編輯 ／ 蔡佳伶

封面設計 ／ 黃聖文

出 版 者 ／ 書泉出版社

地　　址 ／ 106臺北市大安區和平東路二段339號4樓

電　　話 ／ (02)2705-5066　傳　真：(02)2706-6100

網　　址 ／ http://www.wunan.com.tw

電子郵件 ／ shuchuan@shuchuan.com.tw

劃撥帳號 ／ 01303853

戶　　名 ／ 書泉出版社

經 銷 商：朝日文化

進退貨地址：新北市中和區橋安街15巷1號7樓

TEL：(02)2249-7714　　FAX：(02)2249-8715

法律顧問 ／ 林勝安律師事務所　林勝安律師

出版日期 ／ 2016年3月初版一刷

定　　價 ／ 新臺幣380元

※版權所有 · 欲利用本書內容，必須徵求本社同意※